ベリーズ文庫

すれ違いだらけだった私たちが、最愛同士になれますか？
～孤高のパイロットは不屈の溺愛でもう離さない～

蓮美ちま

STARTS
スターツ出版株式会社

目次

すれ違いだらけだった私たちが、
最愛同士になれますか？
～孤高のパイロットは不屈の溺愛でもう離さない～

すれ違いだらけだった私たちが、
最愛同士になれますか？
～孤高のパイロットは不屈の溺愛でもう離さない～

プロローグ

まだ夏の暑さが猛威を振るう、九月上旬のことだった。

「大翔《ひろと》さん、別れてください」

美咲《みさき》が静かに頭を下げると、窓に打ちつける雨の音に紛れ、すぐ近くで息をのむ音が聞こえた。

指先が小さく震える。それを目の前にいる彼に見咎《みとが》められないよう、両手の指を隠してぎゅっと拳を握った。

そんな美咲の様子を、大翔は苦しげに顔を歪《ゆが》めながら見つめている。

「……理由は？」

地を這《は》うような低く掠《かす》れた声が、彼の苛立ちを表しているような気がした。

美咲は頭を下げたまま、きつく目を閉じる。

（だって、あの人が言っていたことが本当だとわかっちゃったから……）

けれど、その事実を説明するほど惨めなことはない。

「やっぱり私、パイロットになる大翔さんとはお付き合いを続けていけません」

そう口にした理由も嘘《うそ》ではなかった。

「どういう意味？」

パイロットになれば世界中を飛び回る。当然海外にステイする日もあり、その間に彼が誰となにをしているのか、美咲が知る由もない。

これから彼が向かう海外訓練も同様だ。

「ごめんなさい。この先そばにいてくれない大翔さんを、どうやって信じたらいいのかわかりません」

最低な発言をしている自覚はある。大翔と付き合い始めた当初から、自社養成パイロットとして『サクラ航空』に入社したと知っていたのだから。

けれど、それが美咲の正直な気持ちだった。

端正な美貌を持ち、大手航空会社のパイロット候補生である大翔は、周囲の女性から恐ろしいほど人気がある。空港内でも街中でも、ふたりで歩いていると〝どうしてこんな子が？〟という視線が痛いほど刺さる。

実際何度もそういった声を耳にしたし、直接『釣り合わない』と言ってくる女性もいるほどだ。

週に一度は必ず顔を合わせられる今の環境ですら、美咲の心は不安に揺れている。

それなのに数日後には、大翔は一年間の飛行訓練のためアメリカへ発つのだ。

それも、彼女と一緒に……。

「……俺の気持ちが、信じられない？」

悲しみに満ちた声に、胸が痛む。

大翔はなにひとつ悪くない。彼の問題ではなく、美咲の心の問題なのだ。

初めての恋に浮かれ、なにもかも完璧な彼にのめり込み、すべてを独占したいという子供のような感情を抱く自分が悪い。

付き合っていた約一年間、とても大切にしてもらった。なにもかもが新鮮で、楽しくて、幸せだった。

けれど、それと同じくらい嫉妬で苦しかった。

このまま付き合い続けていては、いずれ美咲はもっと彼を困らせるようなことを口にしてしまう。だから離れる決断をした。

幼い自分から、大翔を解放しようと――。

（違う。そんないい子ぶった理由じゃない）

本音は、つらく苦しい嫉妬心をもたらすこの恋から逃げてしまおうと思ったのだ。

美咲は顔を上げて、彼の視線を正面から受け止めた。

整った顔立ち、艶やかな黒髪、美咲よりも頭ひとつ分高い身長、引き締まった体躯《たいく》。そして何百倍もの倍率を勝ち抜いて大手航空会社に自社養成パイロット訓練生として入社したエリートぶり。

どれをとっても完璧だけれど、美咲はなにより彼の低く甘い声が好きだった。大翔に名前を呼ばれるだけでドキドキして、耳もとで『好きだ』と言われるたびに腰が砕けそうになった。

憧れていた彼に告白され、初めての恋ができた。それだけでも自分にとっては望外な幸せだ。

嫉妬に身を焦がすほど大好きな、四つ年上の恋人。まだ学生の美咲にとって、社会人である彼との差はとてつもなく大きく感じる。

大人の男性の魅力あふれる大翔には、自分でも呆《あき》れるほど子供っぽい美咲では釣り合わないし、彼を支えられる自信もない。

(夢のような時間は、もう終わり)

そう自分に言い聞かせ、涙の滲《にじ》む瞳で必死に笑顔を作る。

「今までありがとうございました」

「待って、美咲。俺は――」

「素敵なパイロットになってください」

二十歳の誕生日直前。

たったそれだけの言葉を告げて、美咲は彼のもとを去った。

1．初恋の彼との再会

忘れられない恋というものを、十代で経験した。

恋をすると人は盲目になると言うけれど、自分も例に漏れずそのタイプであり、さらに醜い嫉妬や独占欲を抱いてしまう人間だと早い段階で自覚せざるを得なかった。

もう苦しい気持ちを味わいたくないと思う反面、誰かと寄り添いながら歩む人生を諦めたくないとも思う。

そんなとりとめのないことを考えてしまうのは、今朝久しぶりに見た夢のせいだろうか。それとも、ここ最近続く憂鬱な雨のせいかもしれない。確か、あの日も雨が降っていた。

（……やめよう。恋愛や結婚を諦めたくないからこそ、私は一歩踏み出したんだから）

小さく頭を振り、過去の甘く苦い恋を思考から追い出した。

佐伯《さえき》美咲は、全国に百二十店舗以上あるカフェ『calando《カランド》』の企画・運営・経営を行っている『カランドコーポレーション』に勤めている。

カランドのメインのメニューは、ホットサンドやパスタといった軽食とコーヒー。

素材にこだわりを持ちつつも、気軽に食べられるよう値段設定は比較的お財布に優しい。

最近ではお酒を提供する『calanbar《カランバー》』という新事業が成功を収め、外食チェーン全体が厳しい中、業績は右肩上がりの優良企業。

新卒として入社後、二ヶ月の研修を経て店舗統括部に配属され、さまざまな店舗を三年間回って現場を学んだ。一昨年の九月からはエリアマネージャーとして複数の店舗の管理を担っている。

入社六年目の二十七歳。自立した女性になりたいと一心不乱に仕事に打ち込んできた。一定の評価を得たし、やりがいも感じている。

けれど周りを見渡せば、結婚や出産をしている同期や後輩も少なくない。それが幸せのすべてだとは決して思わないけれど、漠然とした焦りを感じる年頃だった。

金曜日の夜。今週はあいにくの天気が続いており、今日も朝から雨が降っている。

雨の日はどれだけ必死にヘアアイロンをあてても会社に着く頃には湿気でうねってしまうので、ギリギリ肩につく長さの黒髪は後ろでルーズにまとめ、ポニーフックなどのヘアアクセサリーでそれらしく見えるようにしていた。

ある程度長さがあればうねる髪ももう少し扱いやすいけれど、美咲は決してロングヘアにはしないと決めている。

今日は本来ならば担当店舗の店長と副店長と三人で面談の予定だったが、体調を崩したためリスケしたいと連絡があった。それならば久しぶりに定時で帰ろうと、パソコンの電源を落として会社を出る。

（家にあるもので夕飯作れるかな。確か冷凍した豚肉と玉ねぎがあったから……）

美咲は冷蔵庫の中身を思い浮かべ、手軽に作れるレシピを考える。一週間くたくたになるまで働いたラストに、雨の中スーパーに寄るのはつらい。できれば簡単に済ませてしまいたかった。

帰宅ラッシュの電車に揺られること三十分。ようやく最寄り駅に着く。

桜の散った四月中旬、日中は春らしい気温だったけれど、日の落ちた時間帯はまだ少し冷える。雨が降っているので、さらに肌寒く感じた。

美咲は今、駅から歩いて五分の場所にあるマンションに住んでいる。会社の同僚であり、一年ほど付き合っている矢口悠輔《やぐちゆうすけ》の部屋で、結婚を見据えて半年前から一緒に暮らし始めた。

美咲は暗証番号を打ち込んでエントランスのオートロックを開けると、エレベーターで五階へ向かう。

(悠輔、もう帰ってるかな)

悠輔も美咲と同様、店舗統括部でエリアマネージャーをしている。今日は朝から店舗のヘルプに入り、そのまま直帰する予定だと言っていた。

(今日は遅くなるから夕食は別々でお願いしておいたけど、久しぶりに一緒に食べられるかも)

家事は分担制ではなく、その時にできるほうがすればいいというスタンスで暮らしている。彼はこれまでもあまり自炊をしてこなかったらしく、今では料理をはじめほとんどの家事を美咲が担っている。

それを不満に思ったことはない。もともと実家でしていたせいか家事は苦手ではないし、相手に求めるよりも自分でやってしまったほうが早くて楽だと感じるためだ。

最近では仕事が忙しく、平日に夕食を作る機会も少なかった。久しぶりにふたりで食卓を囲み、ゆっくり話をしたい。

(それならせめてお酒くらい買ってくればよかったかな。せっかくの金曜日だし、足りなければあとで一緒にコンビニにでも行けばいっか)

当初の予定より二時間も早く帰宅できるのに、美咲は心が浮き立つのを感じる。鼻歌交じりに大きな通勤バッグから鍵を取り出し、玄関のドアを開ける。

「ただいま」

傘立てに濡《ぬ》れた傘を置くと、足もとに見覚えのないパンプスが転がっているのに気がついた。黒い華奢《きゃしゃ》なヒールは八センチはあろうかという高さで、美咲のものではない。

（えっ？　誰か来てる……？）

悠輔はふたつ離れた弟とふたり兄弟だと聞いているし、もしも母親や親戚が訪ねてきているのだとしたら、彼は美咲に連絡をしてくれるはずだ。

彼の家族でないとすると、このパンプスの持ち主は……。

嫌な予感に固まっていると、部屋の奥でガタンと大きな音とともに、「あら？　もう帰ってきちゃったの？」と不満を口にする女性の声が聞こえた。

「み、美咲……っ？」

情けない格好で玄関に転がり出てきたのは、間違いなく美咲の恋人の悠輔だった。

驚きと焦燥の声を聞きながら、全身から力が抜けていくような感覚がする。

「あの、違う……これは、違うんだっ」

首を振って幾度も違うと否定しているが、上半身は裸で、スラックスも今慌てて穿きましたといった有り様を見れば、その言葉にはどれほどの説得力もない。とどめに、後ろからスタイル抜群の女性が下着姿で顔を覗《のぞ》かせている。

怒りや悲しみよりも、虚無感が勝った。

「あなたが悠輔の〝なかなか振り向いてくれない〟彼女？　感情的にならないところを見ると、本当に熱量に差があるのね」

「由加《ゆか》！　君は黙っててくれ！」

どうやらふたりは旧知の仲らしい。話しぶりからして、もしかしたら昔付き合っていた相手なのかもしれない。

でも、そんな憶測は今はどうでもいい。あれこれ考えなくとも、悠輔が美咲を裏切ったであろうことは明らかだ。

「ごめん、美咲。でも話を聞いてくれ！　本当に、普段なら絶対にこんな――」

「やめて。今はなにも聞きたくないし、顔も見たくない」

ふたりで住んでいる家に、女性を連れ込んでいた。普段美咲と一緒に生活している場所、しかも共に寝起きしている寝室で、悠輔は他の女性を抱いたのだ。そんなところで話など聞けるはずがない。

「今日限りで別れる。さよなら」

美咲はそれだけ言うと、唇を引き結んで踵《きびす》を返す。後ろから引き止める悠輔の叫び声がしたけれど、決して振り返らなかった。

たった今歩いてきたばかりの廊下を戻ってエレベーターで一階に下りる。

エントランスホールから踏み出そうとしたところで、玄関に傘を置きっぱなしにしてしまったと気がついた。

「もう、最悪……」

けれど取りに戻るなんて無様な真似はできない。そのままマンションの敷地を出て、雨に降られながら足早に歩き続ける。

降りしきる雨が髪を湿らせ、サイドに垂らした後れ毛から頬に雫《しずく》が伝う。おしゃれに見えるようにルーズに結んでいたヘアスタイルも、単なるボサボサ頭になっているだろう。

目頭が熱くなり、視界が雨と涙で滲む。余計惨めになりそうで、意地でも泣くまいと唇を噛《か》みしめながら歩いた。

それでもこの先のことを考えると、絶望に染まった声が零《こぼ》れ落ちる。

「これから、どうしよう……」

結婚も視野に入れていた相手の浮気に打ちのめされているのも事実だが、今日から宿なしという現実もまた深刻な事態だ。

両親は他界しているため、実家は処分済み。友人の顔が数人浮かんだけれど、こんな時間からいきなり『何日か泊めてほしい』と先の予定の立たない図々しい頼みごとをできるほど太い神経はしていない。

かといって、次の自宅を決めるまでホテル生活というのも金銭的に無理がある。

「……お兄ちゃん、いるかな」

情けないけれど、頼れるのは家族である兄しかいない。

美咲は半年前まで兄の篤志《あつし》とふたりで暮らしていた。彼はサクラ航空に並ぶ大手航空会社『ＪＣＡ《ジェーシーエー》』のパイロットで、日本国内だけでなく世界中を飛び回っているため、家にいる日数は限られている。

一緒に暮らしていた頃はシフトが出るたびに共有してもらっていたけれど、今は兄のフライト予定をまったく把握していない。

彼が自宅にいるかどうか賭けではあるが、美咲は兄の住むマンションへ行ってみることにした。事前に電話をして確認しなかったのは、家にいなかった時に電話口でこの現状を説明して、仕事中の兄に余計な心配をかけたくなかったからだ。

雨に濡れた顔や身体をハンカチで雑に拭い、再び電車に乗って品川《しながわ》方面に向かった。

篤志の自宅マンションは羽田《はねだ》空港へアクセスのいい立地にあり、美咲ではとても手の出せないタワーレジデンス。半年前まで住んでいたが、二十五階建てのおしゃれな外観は何度見ても圧倒される。

（せっかく説得して同棲《どうせい》を許してもらったのに……。浮気されて別れたなんて伝えたら、お兄ちゃん怒りで爆発しちゃいそう）

静かに怒りを滲ませる兄の端正な顔を想像すると、申し訳なさからため息が零れる。

四つ年の離れた兄は、昔から美咲に対して過保護だった。早くに母を亡くしたのも関係しているのかもしれない。目に見えてベタベタくっついているわけではないけれど、忙しい父に代わって美咲の面倒をよく見てくれたし、近所の男の子にいじめられようものなら何倍にもして返り討ちにしていた。

美咲が大学生の頃に事故で父を亡くしてからはいっそう『自分が守らなくては』という兄の意思を顕著に感じた。職場で嫌な思いをしていないか、変な男に引っかかっていないか、金銭面で不自由していないかなど、あれこれ心配してくれる。

そんな兄を早く安心させたくて結婚を前提とした同棲を始めたのに、結局こうして頼ろうとしているなんて本末転倒もいいところだ。

情けなさに打ちひしがれながら、豪華なエントランス前のオートロックで兄の部屋番号を入力する。

けれど、呼び出しボタンの無機質な音が鳴ったきり反応がない。

「いないのかな……」

美咲はボタンの上に人差し指を乗せたまま、ざーざーと降る雨の音よりも小さな声で呟《つぶや》く。

なんだか、世界にひとりだけ取り残されたような孤独を感じた。

大好きだった両親はふたりとも旅立ってしまい、家族になろうとしていた恋人に裏切られ、頼りにしている兄は今日に限って留守。今夜寝る場所さえない。

（あ、これはダメな思考回路だ……）

両親との別れは過去の話だし、浮気されたのはショックだが世間一般的に珍しいことではない。兄の留守にいたっては仕事だろうから、同列に並べるのもおかしな話だ。

ファミレスや漫画喫茶で夜を明かしたくないのなら、今すぐに駅前に引き返して片っ端からビジネスホテルを回り、空いている部屋を探すしか道はない。子供ではないのだから、それくらい自分でどうにかしなくては。

頭ではわかっているのに、唐突にひとりぼっちになったような怖さに身体が小さく震えだす。その時。

「美咲？」

突然、声をかけられた。

低音で温かみのある声に名前を呼ばれ、懐かしさよりも驚きに飛び上がった。

聞けば誰もがうっとりとしてしまうほど甘く響く美声は、忘れたくても忘れられない。反射的に顔を上げると、そこにいたのは思っていた通りの人だった。

「大翔さん……」

——各務《かがみ》大翔。

兄の同級生であり、学生時代に美咲が付き合っていた相手。そして自分から一方的に別れを告げたにもかかわらず、ずっと忘れられない人。

美咲よりも頭ひとつ分以上高い身長も、漆黒の黒髪も、聞けば耳がとろけてしまいそうな美声も、美咲が憧れていた彼のままだ。

しかし、纏《まと》う雰囲気が違う。

当時から手の届かない大人の男性のように感じていたが、三十一歳の今では自信と貫禄《かんろく》に満ちており、記憶の中よりもずっと精悍で魅力的になっている。

顔を合わせるのは別れて以来、約八年ぶり。

心臓がありえないほどバクバクと音を立て、身体中の血がぶわっと沸き立つような感覚にとらわれた。声を聞き、その眼差しに見つめられるだけで、過去へ引き戻されるような心地になる。

(どうして、ここに……?)

そして彼もまた、漆黒の瞳を大きく見開いている。

どう反応するべきか戸惑っていると、大翔が大きな歩幅で一気に距離を詰めてきた。

「やっぱり美咲だ。こんなに濡れて……傘は?」

八年近いブランクなど感じさせないほど普通に声をかけられ、動転しながらしどろもどろに返事をする。

「あ……途中で、忘れてきちゃって」

美咲の言葉に、大翔は怪訝《けげん》な顔をした。

それもそのはず、今日は朝から雨が降っているし、今も雨足が強まってきている。途中で傘を忘れるなど普通ならありえない。

「なにがあった?」

「……え?」

大翔の大きな手が、スッと目もとに伸びてくる。

「目が赤い。……泣いた?」

親指で目尻を撫《な》でられ、恥ずかしさや気まずさに顔がぶわっと熱くなる。

「いえ、雨が目に入っちゃっただけで……。あの、じゃあ失礼します」

軽く頭を下げてそそくさと立ち去ろうとすると、大翔は意外な質問をしてきた。

「篤志に会いに来た？　あいつ、今留守だよ」

「えっ？」

美咲は目を見張った。

（どうしてお兄ちゃんに会いに来たってわかったの？）

頭に浮かんだ疑問に対し、彼から想定外の答えが返ってきた。

「俺もここに住んでるんだ。先週ジムで会った時にフライトの予定を聞いたけど、確か今頃はパリにいるんじゃなかったかな」

絶句している美咲とは対照的に、落ち着いた様子の大翔は腕時計で時間を確認しながらそう言った。

篤志がフライトで家にいないかもしれないとは予想していた。けれど、まさかこのマンションに大翔が住んでいて、再会するなんて考えてもみなかった。

（お兄ちゃん、そんなことひと言も……）

大翔と別れた時、彼はまだ地上勤務を終えて本格的な訓練に入ったばかりだった。

今は篤志と同様にパイロットとして世界中の空を飛んでいるのだろう。それならば羽田空港に近いこのマンションは便利だし、ここに住んでいるというのも頷《うなず》けるけれど。

「あの、いつからこのマンションに?」

「半年くらいかな。それまでの三年間、イギリスの航空会社に転職してたんだ。日本に戻ってきて住む部屋を探していた時に、篤志からこのマンションに空きが出たって教えてもらった」

「そう、だったんですか……」

納得したような言葉が口をついたが、この数時間でいろんなことが起こりすぎて、すでに脳の許容範囲を越えている。

兄がいまだに大翔と繋《つな》がっていたとは思わなかった。

美咲が大翔と別れた時、何度『大翔は悪くない、自分のせいでダメになった』と伝えても、篤志は大翔に対し憤りをあらわにしていた。そのせいでふたりは疎遠になってしまったのではと考えていたけれど、そうではなかったようだ。

自分のせいで兄や大翔から友人を奪っていたわけではないと知り、少しホッとした。

(でも、今後は気軽にお兄ちゃんに会いに来れなくなりそう……)

大翔がこのマンションに住んでいるのなら、こうして顔を合わせる可能性がある。それはできるだけ避けたい。

大翔に未練があるわけではないけれど、胸の奥底に苦い恋としてずっと忘れられないまま、しこりのように残っている。八年近く経っているのに、それだけ大翔という人物は美咲の心に深く刻まれているのだ。

そんな彼と顔を合わせるなんて、気まずいことこの上ない。

（それより、そろそろ行かなくちゃ）

篤志が帰ってこないと知ったからには、これ以上ここにいても意味がない。早く今夜泊まる場所を探さなくては。

「あの、じゃあ私はこれで――」

「待って。なにかあったから、篤志を頼ってきたんじゃないのか」

立ち去ろうとしたところを引き止められ、美咲は戸惑いながらも頷いた。

「でも、いないのなら仕方ないし」

「俺じゃ力になれない？」

「えっ？」

「とにかく、そのままじゃ風邪をひく。おいで」

大翔に手を取られ有無を言わさぬままエントランスを入り、コンシェルジュカウンターを通ってエレベーターへと乗せられた。ぐんぐんと上昇し、二十三階で緩やかに止まる。

「入って」

案内されたのは一番奥の角部屋だった。玄関ドアを開けて促されるが、いくら兄の旧友とはいえ、この時間に男性の部屋に上がっていいものだろうか。

そんな美咲の思いを見透かしたように、大翔は軽く両手を上げて見せた。

「誓って変な真似はしない。ずぶ濡れになった美咲が篤志を頼って来たと知っていたのにこのまま帰したら、あいつになにを言われるか」

「それは……」

眉間に皺《しわ》を寄せて大翔を睨《にら》みつける兄の顔が思い浮かぶ。

「ようやく関係を修復したんだ、また友人を失うような真似はしたくない」

やはり自分のせいで、一時期は篤志との関係が悪くなったのだろう。そう考えると拒み続けるのも申し訳ない気がする。美咲は彼の厚意に甘えることにした。

「タオルを持ってくるから、リビングに行ってて」

「……はい。お邪魔します」

篤志の部屋はふたつ下の二十一階。同じく奥の角部屋のため、間取りはまったく一緒だった。

玄関から迷いなくリビングへと移動したものの、濡れたままソファやラグに座るわけにもいかず、ドアの近くで部屋を見回しながら立ち尽くす。

二十畳ほどのリビングダイニングは広々としていて、篤志の部屋よりも物が少ないせいか同じ間取りでもかなり雰囲気が違う。

篤志は美咲の好みを反映してくれたため、白やナチュラルウッドカラーの柔らかいテイストのリビングだが、大翔の部屋は家具や棚がすべて黒とダークブラウンで揃《そろ》えられており、男性らしいシックなインテリアだ。

突然の訪問にもかかわらず整然と片づいている。もしかしたら掃除をしてくれるような相手がいるのではと脳裏をかすめた。

そうだとすれば、今の自分の立場は、先ほど悠輔と一緒にいた女性と同じだ。

（やっぱりダメだ。すぐに出なきゃ）

ついフラフラとついてきてしまったが、やはりこの時間に男性の部屋に上がり込むなど非常識だ。

美咲が踵を返してリビングの扉に手をかけた瞬間、大翔が大きなタオルを持って戻ってきた。

「どうした？　これで拭いて。風邪ひく」

バサッと頭からバスタオルで包まれ、水気を吸わせるように大きな手がぽんぽんと美咲の頭や肩をたたいていく。

その優しい手つきに、すべてを預けてしまいたくなる。

（ダメダメ。心が弱ってる時こそしっかりしなきゃ）

自立した女性になりたいとずっと努力してきた。それなのに、拠り所を見つけたとばかりに甘ったれた自分が顔を出そうとしている。結婚相手として信頼していた悠輔の裏切りに、自分で感じている以上にダメージを負ったらしい。

だからといって目の前の彼に迷惑をかけられない。

これだけ素敵な男性なのだから、周りの女性が放っておくはずがない。きっと恋人がいるだろう。今こうしている間にも、その彼女がここにやってくるかもしれない。

美咲に疚《やま》しいところはなくても不快に感じるだろうし、そんなことになれば自己嫌悪と罪悪感で押し潰されてしまう。

「あの、大翔さん。やっぱり私、お暇《いとま》します。いくら兄の友人とはいえ、こんな時間にお部屋に入ったら彼女さんに失礼ですし」

「……彼女？」

「なので帰ります。タオル、ありがとうございました」

「待って。こんな雨の中、傘を忘れて来るくらいのなにかがあったんだろ？」

頭から被ったバスタオルを取ろうと手を伸ばした美咲に、大翔はまっすぐな眼差しを向けてくる。

「心配しなくても、美咲が思っているような相手はいない。だから変な気は回さなくていい」

タオル越しに美咲を包む手の優しさと相まって、鼓動が大きく跳ねた。昔から大翔の瞳に見つめられるだけで、否応なくドキドキする。

吸い込まれそうなほど黒く力強い眼差しは、心の奥底の本音まで見透かしそうな不思議な魅力があった。

このまま彼のそばにいてはいけないと、本能が警鐘を鳴らしている。

「あの、でも本当にそろそろ行かなくちゃ。今日は金曜日だし、早く泊まる場所を探さないと空きが――」

「泊まる場所？」

「あっ……」

早口で捲《まく》し立て、動揺から失言したと気づいた時にはもう遅かった。大翔の表情が一気に険しくなる。

「どういう意味？　篤志から……美咲は結婚を考えている相手と同棲していると聞いたけど。それがどうして泊まる場所を探してるんだ」

「それは……」

「なにがあった？」

唇を噛みしめて俯《うつむ》いたものの、大翔が引く様子はない。

今日は週末の金曜日。あまりのんびりしていては、ホテルの部屋が取れなくなってしまう。

「美咲」

大好きだった声でもう一度ゆっくりと名前を呼ばれ、観念して口を開いた。

「兄の言っていた通り、恋人と一緒に暮らしていたんですが、さっき家に帰ったら彼が女性を家に上げていて。明らかに、その……」

続きは言葉が出なかった。

上半身裸で玄関先に出てきた悠輔の姿を思い出すと、悲しみと不快さで喉の奥が締めつけられる。

これ以上は口にしたくないと、ちらりと上目遣いに大翔の表情を窺《うかが》う。すると彼はぐっと眉間に皺を寄せて、先ほどよりもさらに険しい顔をしていた。

「まさか、浮気現場に遭遇した？」

「……はい」

簡潔に要約され、あまりの情けなさに涙が滲む。

ほんの数十分前までは、一緒に夕食を食べながら将来についてゆっくり話をしようと考えていたのに。どうしてこんなことになってしまったのだろう。

悠輔とは、情熱的な恋愛の末の同棲ではなかった。同期であり切磋琢磨《せっさたくま》する仲間として見ていたが、悠輔はずっと美咲を女性として想ってくれていたらしい。

『佐伯が好きだ。できれば結婚を前提に付き合ってほしい』

二十歳直前で大翔と別れて以降、恋愛と距離を置いていた美咲だが、結婚願望がないわけではないし、いずれは子供も欲しい。二十七歳という年齢にも若干の焦りを感じ始めており、篤志に心配をかけたくないという思いもある。

悠輔に恋愛感情を抱いてはいなかったけれど、『結婚を前提に』という告白は魅力的だった。

彼とは同僚として一緒に働いているため、人柄は多少なりともわかっている。争いごとを好まず、穏やかで優しい性格だ。八方美人で意見を押し通せないきらいはあるけれど、温和な彼の隣は居心地がいいだろうと想像ができた。

美咲が悩んだ末に自分の気持ちを率直に伝えると、悠輔は『それでもいい』と言った。

『結婚相手としてだけじゃなく、男としても選んでもらえるように頑張るから』

そうして、美咲と悠輔は交際をスタートさせた。

彼に対し、少し会えないだけで不安になったり、嫉妬に身を焦がすような熱量で恋愛感情を持ったりしていたかといえば、胸を張って肯定することはできない。それでも悠輔と結婚して穏やかな家庭を築いていこうと、人生の大きな一歩を踏み出したのだ。

大きなケンカもなく順調に付き合っていたし、いずれ遠くない未来に結婚するのだと信じていた。同じ時間を過ごす中で、ゆっくりと夫婦になっていくのだと。

けれど、そう思っていたのは美咲だけだったのかもしれない。

悠輔はいつからか不満を持っていたのだろう。そうでなければ、ふたりで住んでいる部屋で浮気なんてできないはずだ。

ふと、先ほどの『なかなか振り向いてくれない彼女』という言葉がよぎった。

あれはきっと、同じだけの熱量を返せていない美咲のことを、悠輔が彼女にそう話したのだ。

(振り向いてくれない、か……。ふたりで〝結婚〟の方向を見ているつもりだったのにな)

情けなくて、惨めで、虚無感が胸を突く。もう笑うしかなくて、決して涙が零れないよう口角を上げた。

そんな美咲の顔を見て、大翔は反対に表情を曇らせる。

「美咲……」

「そういうわけで、泊まるところを探さないといけないんです。さすがに彼が他の女性と過ごした部屋には帰れません」

笑い飛ばしたかったのに、弱々しい声しか出ないのが情けなさを助長する。

涙をこらえすぎると喉が痛くなるのだと痛感したのは約八年ぶりだった。

「無理して笑わなくていい」

大翔は美咲を自分の方に抱き寄せた。咄嗟《とっさ》になんの反応もできず、そのまま彼の胸に顔を埋める格好になる。

「言いたくない話を無理にさせて悪かった。そんな男のことは忘れて、今日はここでゆっくり休めばいい」

「ここで、って……」

「家に帰れないから泊まる場所を探してるんだろう。それならうちに泊まればいい」

「そんなのっ」

できるわけがない。そう続けようと顔を上げた瞬間、「くしゅんっ」と最悪のタイミングでくしゃみが出た。

「ほら、このままだと風邪をひく」

「本当に大丈夫なので」

やはり心配させてしまったと内心で焦る。

なんとか彼の腕の中から抜け出そうともがくが、より強く抱きしめられた。

「美咲の『大丈夫』は信用できないと八年前に学んだ。なにより、そんな状態の君をひとりにしたくない」

もがいていた身体がぴたりと止まる。

ひとりぼっちだと孤独を感じていた今夜の美咲に、『ひとりにしたくない』という彼の言葉はてきめんに効いた。

欲していた優しいぬくもりが冷えた心と身体に沁《し》み込み、ずっと我慢していた涙がじわりと滲む。

「泣きたいなら、泣いていいよ」

「……泣きたくないので、優しくしないでください」

「無理だな。目の前で傷ついている美咲に優しくしないなんて」

小さく笑った大翔が、子供にするようにゆっくりと頭を撫でる。ダメだといくら自戒しても、その温かさに涙腺が決壊してぽろぽろと熱い雫があふれだす。

背中に触れる大きな手も心地よく、美咲は彼のシャツをぎゅっと握った。

「泣きたくないって、言ったのにっ……」

「いいから。責任は取る」

優しく撫でる温かい手に促されるまま、美咲は泣いた。

顔を埋めているせいで、大翔のシャツが涙で濡れていく。それに構わず、先ほど見た嫌な光景を涙で流すように泣きじゃくった。

悠輔の慌てふためく様子も、下着姿のまま悪びれない女性の顔も、すべて涙と一緒に流し去ってしまいたい。

その間、大翔はなにも言わずにただそっと抱きしめてくれていた。

時間にすると、たった数分。泣いたら余計惨めになりそうで我慢していたけれど、思いっきり泣いてみると意外にも少しだけスッキリした気がする。

そうして涙が止まり気持ちが落ち着いてくると、徐々に恥ずかしさが込み上げてきた。

すんと鼻をすすり、もぞもぞと彼の胸の中から逃れるため小さく身をよじる。すると、包み込んでいた腕がすんなりと緩められた。

「落ち着いた？」

「……はい、すみません」

「謝らないでいい。ほら、風呂であったまっておいで。出る時にセットしておいたから、もうお湯も溜《た》まってるはずだ」

「お風呂……」

魅力的な提案に惹《ひ》かれ、オウム返しに呟く。

「覗いたりしないから安心して」

「そっ、そんなこと思ってません！」

いたずらっぽく笑う大翔に、美咲は慌てて首を振った。

彼が紳士なのは十分知っている。八年前もそうだし、今だって慰めを口実に言葉巧みに寝室へ連れ込もうと思えばできてしまう環境だ。

それでも彼は、ただ黙って抱きしめてくれただけだった。その優しい安心感に、心がぐらりと揺れる。

もともと雨に濡れていた上、散々泣いたせいでメイクはボロボロに剥げているだろう。

そんな状態で再び外に出て、ホテルの空きを探してさまよう自分の姿を想像すると、彼のありがたい提案に甘えてしまいたくなる。

今日だけ、と何度も自分に言い聞かせ、美咲はおずおずと申し出た。

「あの……今日だけ、お言葉に甘えてもいいですか？」

「もちろん。いろいろ準備するから、できるだけゆっくり入ってきて」

嬉《うれ》しそうに頷く大翔に促されるままバスルームへ向かった。

案の定ボロボロだったメイクをポーチに入れていた携帯用のクレンジングシートで落とし、頭から温かいシャワーを浴びる。

手早く洗って出るつもりだったが、ここで風邪を引いたらさらに迷惑をかけてしまうと考え直し、ゆっくりお湯に浸からせてもらうことにした。

（大翔さんは、どうしてこんなふうに優しくしてくれるんだろう）

友人の妹とはいえ、八年前に一方的に別れを突きつけた相手だ。それも、自社養成パイロットとして訓練に励む彼に対し『そばにいてくれないパイロットとは付き合いたくない』という最低な理由で。

美咲はぶくぶくと鼻までお湯に沈めながら、彼に別れを告げた時のことを思い出す。

『――ごめんなさい。この先そばにいてくれない大翔さんを、どうやって信じたらいいのかわかりません』

そう告げたのは、二十歳の誕生日の前日だった。なんの前触れもなく、唐突に自分の気持ちだけをぶつけた。

あの頃の美咲は〝元恋人〟という存在に嫉妬し、一緒の職場で仲良さそうに働いている姿に耐えきれなかった。

今考えると、なんてひとりよがりな子供だったのだろう。

過去は過去。そう割りきれるような大人の女性ならばよかった。けれど恋愛初心者の美咲にとって、元カノの存在は脅威そのものだった。

子供っぽいと幻滅されたくなくて不安な気持ちを素直に打ち明けられなかったし、大翔の元恋人であり、よき仲間として働いている彼女を悪く言うのがためらわれたのもある。

それでも当時は、美咲なりに精いっぱい考えて出した答えだった。

大翔は納得していない様子だったけれど、数日後には訓練のため同期たちと共にアメリカへと飛び立った。そのタイミングで別れ話をしたのも卑怯《ひきょう》だったと思う。

何度も電話やメッセージが来たけれど、すべて拒絶した。スマホは解約して新しいものを購入し、番号もアドレスもすべて一新。ＳＮＳもすべてのアカウントを削除するなど、徹底的に大翔との接触を絶った。

そこまでして彼を忘れようとしたにもかかわらず、大翔は美咲の心からいなくなってはくれなかった。青い空に飛行機を見つけるたびに、彼のことを思い出してしまう。

そして、失恋にふさぎ込む美咲にさらなる絶望が襲いかかった。

十二年前に最愛の妻を亡くし、男手ひとつで篤志と美咲を育ててくれた父が、不慮の事故で亡くなったのだ。

美咲の父は、ＪＣＡのパイロットとして働いていた。優しくて穏やかで、職場の同僚や部下にも慕われていたと聞く。

空を飛ぶのが生きがいだと言っていた父は母が亡くなって以降、まだ小学生だった篤志と美咲を家に残して海外ステイをしたくはないと、国際線にはいっさい乗務しなくなった。

長年のキャリアと功績が認められ、国内線の便をこなしながら、主に新人パイロットの育成に携わっていた家族思いの父。そんな彼の葬儀には多くのＪＣＡ職員が詰めかけ、突然の早すぎる死を悼んでくれた。

しかし美咲は現実を受け入れられず、ただ呆然《ぼうぜん》とその光景を眺めるしかできない。落ち込む美咲を励まし、これまで以上になにかと気にかけてくれる兄は、その頃ＪＣＡのパイロット候補生として訓練中。

ただでさえ忙しいのに父の葬儀やその後のさまざまな手続きに追われ、さらに自分のフォローまでさせてしまったと気づいた時、美咲はようやく正気に返った。

やはり自分は甘ったれた子供だ。そう痛感した美咲は、しっかりしなくてはと必死に自分を奮い立たせ、兄とふたり暮らしを始めた新しいマンションで生活の立て直しを図った。

大学と家事、そして再び始めたバイトのすべてを並行してこなし、大翔と別れた喪失感や父を失った悲しみから目を逸らし続ける毎日。

そんなある日、大翔がアメリカの訓練を終えて戻ってきたと篤志から知らされた。会いたいと伝言を受けたが、美咲はとても頷けなかった。

別れてから一年が経っているにもかかわらず、いまだに美咲を想ってくれている事実にときめかなかったかといえば嘘になる。

それでも当時、美咲の心はピンと張り詰めており、兄に甘えずに自立しなくては、頑張らなくてはと過剰な緊張状態にあったように思う。自分でもそれを自覚しながら、緩めてしまえば崩れ落ちそうな気がして肩の強張りを和らげられずにいた。

そんな時に大きな包容力を持つ大翔に会ってしまったら、自分からひどい言葉を投げつけて別れたにもかかわらず甘えたくなる。そうなれば、美咲は間違いなく彼がいなくては生きていけなくなるだろう。

『まさか大翔があなたみたいな子供を選ぶなんてね。お願いだから、仕事の邪魔だけはしないであげて』

耳にこびりついた女性の声が脳裏を掠めた。

パイロットとして大事な時期である彼の邪魔はしたくないし、美咲はいまだに嫉妬心を克服できる気がしない。それに、彼を支えられるだけの大人になってもいない。

だから、決して大翔に会うわけにはいかなかった。

兄はなにか言いたげにしていたけれど、美咲の意思を汲《く》んで決して大翔に住所を教えることはなかったし、会いに来ないように釘《くぎ》を刺してくれたらしい。

そうして大学を卒業し、カランドに就職し、少しずつ時間に傷を癒やしてもらいながら、自立した女性になろうと今日までやってきたのだ。

仕事もうまくいき、結婚に向けて一歩踏み出した。以前よりは自分に自信もついてきたところだったのに。

（まさかこんな日に大翔さんと再会するなんて……）

結婚願望はあったものの、あの恋と同じ苦しみは味わいたくない。だから悠輔とは嫉妬を伴う激しい恋愛感情ではなく、信頼で結ばれたパートナーとして家庭を築こうとした。

それなのに浮気されて別れたその日に大翔と再会するなんて、いったいどんな巡り合わせだろう。

大翔から恋人はいないと聞いたけれど、それはたまたま今現在はいないというだけ。彼ほどの男性なら、あれからきっとたくさんの女性と恋をしてきたに違いない。

そう思うと胸の奥がチクリと痛む。自分の身勝手さに苦笑が漏れた。

（お世話になるのは今日だけ。この週末で、ひとり暮らしの部屋を見つけなきゃ）

美咲は自分に何度も言い聞かせると、大きな浴槽にぶくぶくと身を沈めた。

2. 不安に負けた過去

美咲が大翔を認識したのは、高校三年生の頃。

大学生だった兄もまだ実家に住んでいて、父が休みのたびにパイロットを志す友人たちが話を聞きに来る。さながらOB訪問の様相を呈していた。

リビングで飛行機の型式や操縦技術に関する話を楽しそうに聞いている彼らをもてなすのが美咲の役目。お茶を出すたびに、シスコン気味の篤志が『お前ら、絶対美咲に手を出すなよ』と牽制《けんせい》するのが恥ずかしかったのを覚えている。

その友人の中に、大翔はいた。

『君が篤志自慢の美咲ちゃんか。はじめまして、各務大翔です』

微笑む大翔の端正な顔立ちにも息をのんだが、なによりも印象的だったのは彼の声だ。低いけれど威圧感はまったくない。甘く響く優しい声は、これまで聞いたことのあるどんな声よりも魅力的だった。

真っ赤になって会釈しかできなかった美咲に呆れず、それ以降も家に来るたびに声をかけてくれる。そんな大翔に、美咲はいつしか惹かれていった。

付き合い始めたのは美咲が大学へ進学し、大翔が晴れてサクラ航空に入社した年。彼から告白された時は、飛び上がるほど嬉しかった。

初めての恋人に舞い上がり、なにもかもが新鮮な毎日。少しでも顔を見たくて、彼の勤務する羽田空港の第一ターミナルにあるカランドでバイトを始めたのもこの頃だ。ファーストキスも、その先も、すべて大翔に捧《ささ》げた。彼はとても美咲を大切にしてくれて、好きだという気持ちはどんどん膨らんでいく。

けれど同時に、彼の元恋人である北見佐奈《きたみさな》の存在に悩まされてもいた。大翔の大学の同級生だった彼女もサクラ航空に就職し、さらに同じパイロット訓練生。

佐奈の父もサクラ航空のパイロットのため、入社後は『美人パイロット訓練生』『サクラ航空初の父娘パイロットへ』など、まだ訓練の始まらないうちから会社の顔としてメディアにも露出していた。

大翔の新しい恋人の存在を聞きつけた佐奈は、一緒に帰るために彼の退勤を待っていた美咲のところへやってくると、品定めするように頭のてっぺんからつま先まで視線を往復させる。そして小バカにするように口の端を上げて妖艶に微笑んだ。

『まさか大翔があなたみたいな子供を選ぶなんてね。お願いだから、仕事の邪魔だけはしないであげて』

社内でも有名な佐奈から唐突にぶつけられた言葉は、美咲の胸を深く刺し貫いた。

『やだ、そんなショックを受けたみたいな顔をしないで。だってもともと私と付き合っていたのよ。あなた、私以上に彼に釣り合っている自信でもあるの？』

大翔が佐奈と交際していたという事実を、彼女から聞かされて初めて知った。足もとがぐらりと揺れるような心もとない気分は今でも忘れられない。

彼と釣り合っていないなんて、他人に言われなくても自分が一番感じていたことだ。なんでも揃っている大翔のような男性がなぜ美咲を選んでくれたのか、自分でもわからない。

大翔にはとても大事にしてもらっているし、想いを伝えてくれた彼を信じて付き合ってきた。けれど彼が佐奈と交際していたという事実を知り、恋愛初心者の美咲はこれまで考えてこなかった彼の過去の恋が気になってしまう。

訓練前の地上勤務で大翔と佐奈は同じグランドスタッフとして働いており、周囲に親しげな様子を見せつけるような態度は、いつしか〝大翔と佐奈は学生時代から長く付き合っているらしい〟という噂《うわさ》となって広まっていった。

接客をこなす佐奈はきっちりと髪をまとめ上げ、バッチリメイクを施していて、遠目から見てもひときわ華やかだ。

そんな彼女が大翔を見つめる瞳には、明らかな熱が込められている。

そして、その視線がたまたま出勤時にそばを通りかかった美咲に向けられると、唇は綺麗《きれい》な弧を描く。勝ち誇った笑顔は恐ろしいほどに美しかった。

ブラウスに黒いパンツというシンプルすぎる格好の美咲は、ふたりを視界に入れないよう顔を逸らし、そそくさとカランドの店舗へと逃げ去るしかできなかった。

そんな惨めなことが何度か続いたある日。美咲は不安でたまらなくなり、大翔に確認した。

『北見佐奈さんって、大翔さんと付き合ってたんですよね……？』

すると、大翔は美咲が知っているのに驚きながらも頷いた。

『美咲に会う前の話だよ』

彼は少し困った顔で笑う。

『心配させてごめん、同じ職場にいるんだから気になるか。でも仕事で話してるだけだよ。彼女には同僚以上の感情はないし、今の俺には美咲がいるんだから』

大翔は美咲を安心させるように抱きしめてくれた。

子供の頃から恋とは無縁に過ごしてきた美咲にとって、大翔が初恋であり初めての恋人だ。だから別れたあとの元恋人に対する感情がどんなものなのかは想像するしかできないけれど、少なくとも佐奈のほうは〝仕事で話しているだけ〟という雰囲気ではない。

もしかしたら美咲が気にしすぎなのかもしれない。けれど、まだ大翔に想いが残っているからこそ、美咲にマウントを取るような視線を投げてくるのではないだろうか。

そう思うと、決して彼の言葉に安心はできなかった。佐奈ほどの美人から復縁を迫られたら、大翔はどう感じるのだろう。

まだ学生で容姿も成績もなにもかもが平凡な美咲と、大翔と同じパイロット志望でサクラ航空の広告塔を務められるほど美人で優秀な佐奈。

客観的に考えれば、どちらを選ぶかなんて一目瞭然な気がする。

過去は過去。そうわかっていても、大翔が今の美咲にするように佐奈を腕に抱き、愛を囁《ささや》いていたと考えるだけで頭がどうにかなりそうだった。不安で胸が潰れそうになり、会えない日はいつも大翔のことを考えてしまう。

けれど、その不安を正直に大翔に伝えるなんてできなかった。

ただでさえ年が四つも離れているのだ。過去に嫉妬して不安になっていると知られたら困らせるだろうし、子供っぽいと呆れられるかもしれない。

『美咲。俺を信じて』

『……はい。ちょっと気になっただけなので、大丈夫です』

だから笑顔で聞き分けのいい恋人のふりをした。

大翔が『信じて』というのだから、信じよう。そう必死に自分に言い聞かせた。

しかし、美咲の懸命な努力は実を結ばず、佐奈の言動は次第にエスカレートしていく。

『子供はいいわね。ただ恋人の顔が見たいってだけで、相手の迷惑も考えずにバイト先を選べるんだもの』

『あの人、やっぱりロングヘアの子が好みなのね。お風呂上がり、髪を乾かしたがらない？』

空港のバックヤードで顔を合わせるたびに棘《とげ》のある微笑みで嫌みを言われるのならば、まだいいほうだ。ある時はデート中に電話をかけてきて、美咲には口を挟めない業務内容を絡めた相談をし始めた。

大翔は美咲との時間を優先するために『また今度聞くから』とすぐに電話を切ってくれたが、それはそれで悶々《もんもん》としてしまう。

（今度、聞いてあげるんだ……）

同じ職場で働く同僚なのだから、なにも不思議ではない。漏れ聞こえてくる内容も本当に仕事の話だったのだから、きっとこのモヤモヤとした気持ちは自分の心が狭いせいだ。

そう自分を責め、嫉妬心を表に出さないようにぐっと唇を引き結んで我慢したものの、少しずつ心に不安が降り積もっていく。

その頃、大翔たちパイロット訓練生は地上勤務と並行して飛行訓練の座学が始まった。

飛行機の設計や飛行に必要な基礎理論などの航空学、天気図を見て情報を的確に把握するための航空に特化した気象学など、勉強するべきことが膨大にあるらしい。

三ヶ月ほど机に向かって知識を頭に詰め込み、そのあとに約一年アメリカでの飛行訓練に移る。帰国後も飛行シミュレーターを用いての訓練やいくつもの審査をパスしなくてはならず、ここからの約二年にわたる訓練でパイロットになれるかどうかが決まる大切な時期だ。

だからこそ余計に、彼の邪魔をしてはいけないという意識もあった。

（メッセージの返信が遅くなるのも、デートの予定がキャンセルになるのも、大翔さんが忙しいから。あの人の存在は関係ない）

大翔を応援したいし、彼の気持ちを信じたい。

それなのに佐奈が友人と一緒に美咲のバイト先に来ては聞こえよがしに大翔とのエピソードを語るため、嫌でも仲のよさそうなふたりの様子がバイト中の美咲の耳に入ってくる。

そして、あの日も彼女は同僚らしき女性と共に店に現れた。

『あれ？　佐奈、少し顔色が悪い？』

『やだ、わかる？　寝不足なのよ。遅くまで彼と電話してたから』

『えぇー！　彼って各務くんでしょ？　それって本当に電話だけ？　寝不足なんて意味深じゃん』

『ふふっ、やぁね。彼の悩みを聞いていたら、いつの間にか深夜だったの。本当に電話だけよ、昨日はね』

声をひそめているように装っていても、美咲に聞かせようとしているのは明らかだった。

『それで？　明日の私との予定はキャンセルなんだよね？』

『えぇ、ごめんなさい。でも今日は出社スタンバイでそばにいられないし、明日はどうしても彼のところに行ってあげたいから』

『はいはい、ごちそうさま。じゃあしょうがないね』

『ふふっ、今度必ず埋め合わせはするわ』

聞こえてくる内容に凍りつく美咲には、それ以降の楽しそうな会話は耳に入らなかった。

明日は、美咲の二十歳の誕生日。ふたりで予定を合わせて出かける計画を立てていたけれど、今朝彼から【悪い、お祝いを違う日に変更させてほしい】とメッセージをもらったばかりだった。

（私とは電話じゃなくメッセージだけなのに、あの人とは寝不足になる時間まで電話してたの？　あの人に会うために私との約束をキャンセルしたってこと……？）

目の前が真っ暗になり、慌ててフロアからパントリーへと足早に戻った。

佐奈の思うツボにはまりかけた美咲は、悪い考えから逃れるように頭を左右に振る。

今はバイト中なのだ。余計なことを考えていないで、きちんと仕事をしなくては。

（大翔さんからはなにも聞いてないんだから、勝手に不安になったり落ち込んだりしても意味がない）

そう結論づけ、思考を振り切るように仕事に没頭した。そのおかげで大きなミスはなく、間もなく退勤の時間になりそうな頃。佐奈たちの会計を担当した際、彼女は美咲にだけ聞こえる声で言った。

『今、大翔が体調を崩してるのを知ってる？』

まったく知らない情報に、美咲は声を失った。それを見て、佐奈は勝ち誇ったように続ける。

『やっぱり知らなかったのね。これから本格的な訓練に入るのに、弱さを見せられず相談相手にもならない恋人の存在なんて邪魔なだけよ。もう十分恋人ごっこは楽しんだでしょう？　そろそろ彼を解放してあげて。彼に必要なのは、同じ悩みや志を持つ相手よ』

彼女の言葉は、脆《もろ》くなっていた美咲の心をへし折るには十分すぎるほどの威力だった。

降りしきる雨の中、美咲は大翔の住むマンションへと向かった。

彼女が嘘をついている可能性だってある。佐奈の言葉が本当なのか、どうしても確かめたかった。

けれど待ち合わせして落ち合うのではなく彼の自宅まで出向いたのは、体調が悪いという佐奈の話が真実だと、頭のどこかでわかっていたからかもしれない。

（私にはなにも言わないのに、あの人には弱音を吐いているなんて。そんなの、どっ

ちが恋人かわからない）

大翔に断られないよう、彼の自宅の最寄り駅に着いてから電話をして、五分だけでもいいから会いたいと初めてワガママを言った。

連絡を受けてエントランスに出てきた大翔は、頬が赤らみ、瞳が薄っすら潤んでいた。

『……体調が、悪いんですか？』

『え？　あぁ、いや、大丈夫。それよりも、どうした？』

（やっぱり、私にはなにも言ってくれないんだ……）

美咲はきゅっと唇を噛むと、『別れてください』と頭を下げたのだった。

＊　＊　＊

気持ちよくまどろんでいた意識が、ふっと現実に浮上する。

（ん、今何時……？）

まだ瞳を閉じたままの美咲の手が、いつものように枕もとに置いてあるはずのスマホを探してぱたぱたと動く。

目覚まし代わりにしているスマホのアラームが鳴っていないということは、まだ夜明け前だろうか。けれど重苦しい眠さはなく、なんとなく頭がスッキリしている。

なかなか目的のものが見つけられず、寝返りを打ちながらゆっくりと目を開けた。

常夜灯はついているものの、辺りは薄暗い。

（あれ、シーツの色が……）

暗がりの中で視界に飛び込んできたのは、普段眠っているオフホワイトのシーツではなく、極上の肌触りが心地いい紺色のシーツ。

昨夜の記憶が一気に蘇《よみがえ》り、美咲は跳ねるように飛び起きた。

（そうだ！　私、悠輔の浮気現場に遭遇して、なぜか成り行きで大翔さんの部屋に……）

白い壁、大きなキングサイズのベッド、カーテンはベッドと同じ紺色で統一されていて、遮光がしっかりしているのか外の明かりはまったく入ってこない。

サイドテーブルには美咲のスマホと、飛行機の写真が表紙の雑誌と文庫本が一冊ずつ置かれているが、それ以外にはなにもないシンプルな部屋だった。

そして、寝室には美咲以外に誰もいない。大翔はリビングのソファで休んでいるはずだ。

昨夜、お風呂から出ると洗面所には替えの下着やスキンケア一式が用意されていた。大翔いわく、マンションのコンシェルジュの女性スタッフに頼んで買ってきてもらったのだという。さすがにあの時間では着替えのパジャマまで用意するのは難しかったようで、部屋着は彼のものを借りている。

なぜ美咲が本来の部屋の主を差し置いてここで眠っていたのかといえば、大翔が頑としてソファで寝ることを許してくれなかったからだ。

ひと晩だけ泊めてもらう立場の美咲は当然リビングのソファで眠るつもりだったが、彼は『女性をソファで眠らせておきながら、自分だけベッドで寝るなんてできない』と譲らなかった。

大翔が優しいのは八年前からわかっているし、こうと決めたら意外と頑固なことも知っている。だから美咲が折れるしかなかったのだ。

（まずはお礼を伝えて、とにかくここを出ないと）

自宅に帰るという選択肢はない。いずれ荷物を取りに行かなくてはならないにしろ、今はまだ悠輔の顔を見たくなかった。

大翔が兄はパリ便の乗務だと言っていたから、遅くともきっとあと三日もすれば帰ってくるはずだ。それまではホテルに泊まり、兄が帰ってきたら事情を話して短期間だけ居候させてもらおう。

できれば兄に事情を話すまでに、引っ越し先を見つけておきたい。篤志は美咲のひとり暮らしにいい顔はしないだろうが、いつまでも頼ってばかりではいられない。彼の納得する物件を見つけて説得すれば、きっと反対はされないだろう。

(急いで条件のいい部屋を探さなきゃ。お兄ちゃんのことだから『このまま、また一緒に住めばいいだろ』って言いそうだし)

過保護な兄の心配症なところは、美咲がいくつになっても変わらない。けれどまた篤志に頼って一緒に暮らしだしては、彼は結婚どころか恋人すら作らずに過ごす羽目になってしまう。

だから、美咲は家を出る際に鍵を返したのだ。もしも彼に恋人ができた時に、自分がいつでも出入りできる環境なのは好ましくない。

篤志が美咲を大切にしてくれるのと同様に、美咲だって篤志には幸せになってほしい。結婚が幸せのすべてだと思っているわけではないけれど、選択肢は多いほうがいい。篤志が素敵な女性に出会った時に、自分の存在が邪魔になるのだけは避けたかった。

この週末でいくつか不動産屋を巡って、ある程度の目星をつけられればなんとかなるかもしれない。

そうと決めたら早く行動しようと、美咲はベッドから降りた。そっと紺色のカーテンを開けると、昨日までの雨が嘘のように青空が広がっている。日も高く、すでに昼が近い予感がして、慌てて寝室を出た。

「おはよう。よく眠れた？」

リビングへ行くと、すでに支度を終えた大翔がダイニングテーブルでコーヒーを飲んでいるところだった。

「おはよう、ございます。はい、おかげさまで……」

「そう、よかった。そろそろ起こそうと思ってたんだ。スマホのアラームに気づかないくらいぐっすり眠ってたから、勝手にアラームを切っちゃったし」

それで枕もとにスマホがなかったのかと納得する。

「あの、昨夜はお世話になりました。泊めてくださり、ありがとうございました」

「……ずいぶん他人行儀だな」

大翔は眉を下げて苦笑する。

そう言われても、約八年ぶりに会った元恋人とどんな距離感で話したらいいのかなんてわからない。

美咲がそれに返答できないでいると、彼はそれほど意に介していないのか「お腹空いてる？」と話題を変えた。

「朝食、っていうか時間的にブランチか。これ食べたら出かけよう」

テーブルには野菜たっぷりのスパニッシュオムレツとコンソメスープがふたり分用意されている。

「これ、大翔さんが作ったんですか？」

美咲は驚いてテーブルの上に並んだ料理に視線を向けた。

付き合っていた頃、料理が好きだと聞いた記憶はない。むしろひとり暮らしで外食ばかりなせいか、野菜が不足気味だと言っていた気がする。

「あぁ。職業柄、身体が資本だからな。必要に迫られて覚えただけだから、味は保証しないよ」

大翔はそう謙遜するが、オムレツは彩りが豊かで程よくついている焼き目が食欲をそそるし、湯気の立つコンソメスープからもいい香りがしている。

じっと食卓を見つめていると、昨夜からなにも食べていない美咲のお腹が小さくぐうっと鳴った。

「パンを焼いておくから着替えておいで。その格好は目に毒だ」

美咲は視線を下げて自分の格好を確認する。

大翔に借りたTシャツは指先すら出ないほど大きいし、スウェットもウエスト部分を何度も折り返して穿かないと落ちてきてしまう。確かにサイズは合っていないけれど、『目に毒』と言われるほどひどい有様とは思っていなかったため、美咲は小さくなって謝った。

「す、すみません、見苦しくて……。すぐに着替えてきます」

「そういう意味じゃない。俺の部屋着を着てる美咲と向かい合って食事なんて、朝から威力が強すぎるってこと」

「えっ？」

「ほら、冷めるから早く。洗面所も好きに使っていいから」

彼の言葉に振り返ったが、意味を理解する間もなく美咲はリビングから追いやられる。

指示通りに洗面所へ行くと、昨夜雨でびしょ濡れになった服は綺麗に洗濯され、きちんと畳んであった。

彼の気遣いに感謝しつつ洗顔をして着替えを済ませる。メイクはどうしようかと迷ったけれど、食事を作ってくれた大翔を待たせるわけにはいかないと、すっぴんのままリビングへ戻った。

「コーヒーは飲めなかったよな。うちは紅茶とかなくて、悪いけどお茶でいい？」

美咲の苦手なものを覚えている大翔に驚いた。学生の頃はコーヒーにどれだけ砂糖やミルクを足しても苦みを感じてしまい、あまり好んで口にしなかった。

『コーヒーが苦手なのにカランドでバイト始めたの？』

『だって、あのお店がサクラ航空のゲートに一番近かったから……』

美咲が照れながら告げると、大翔は嬉しそうに笑って頭を撫でてくれた――。

そんな昔のことが頭を掠め、美咲は無理やり思考を過去から引き剥がした。

「ありがとうございます。でも、今はもう飲めるようになりました」

仕事柄、企画部と共同で新商品などの試食や試飲をする機会も多い。最初のうちは眉をひそめながら飲んでいたが徐々に慣れてきて、今では味の違いも多少わかるようになった。そう告げると、大翔は感心したように頷く。

「そうか。砂糖とミルクは？」

「……お願いします」

とはいえブラックで飲めるほどコーヒーが好きなわけでもないし、基本的に甘党なのは変わらない。

正直に伝えると、キッチンからクスッと小さな笑い声が漏れ聞こえる。

先ほどの料理に加え、厚切りのトーストとプチトマトが添えられたブランチプレートの隣に、砂糖とミルクがたっぷり入れられたコーヒーが置かれた。

「食べようか」

「はい。いただきます」

勧められた椅子に腰掛け、美咲は両手を合わせた。

その様子を向かいに座る大翔が微笑みながら眺めていて、いたたまれない。

八年前はあれほど彼との接触を避けていたのに、こうして助けてもらうだなんて今さらながらムシがよすぎる気がする。

早くここから出ていかなくてはという気持ちばかりがはやって、せっかく作ってもらった食事の味もわからないかも……と考えていたのは、オムレツを口にするまでだった。

「わっ！　おいしい……！」

たまねぎにかぼちゃ、パプリカなどさまざまな野菜の入ったオムレツは、素朴で優しい味わいの中にブラックペッパーのスパイスが効いている。ベーコンやチーズのおかげで旨味もたっぷりで、ボリュームはあるのにぺろりと平らげられるほどおいしい。

「口に合ってよかった」

「すっごくおいしいです。それに栄養満点って感じで、身体が喜んでいる気がします」

「一気に野菜が摂れるからよく作るんだ。美咲が気に入ってくれたなら、唯一の得意料理を披露したかいがあったな」

大翔と向かい合って食事だなんて、気まずいだけの空間になるに違いない。そう考えていた美咲だったが、意外にも会話は途切れることなく弾んだ。

「すごいな、エリアマネージャーか」

「担当している店舗は少ないですけどね。今は夏休みの販促を練っていて、各店舗でそれぞれの特色を活かしたプランを考えてるんです」

担当するエリアごとの異なる地域特性を鑑み、集客方法を考えるのはなかなか難しい。チェーン店のため、店舗単体でなにか大きな企画をするわけではなく、接客方法や打ち出す商品など、それぞれの地域に合った戦略を立てて売り上げを伸ばしていくのが美咲の仕事だ。

他にも顧客満足度の向上と人材育成も欠かせない大切な業務であり、毎日が忙しすぎて怒涛《どとう》のように過ぎていく。エリアマネージャーといえば大層な肩書に聞こえるが、実際は店舗と本社を行ったり来たりしてそれぞれの意見を聞き、実現に向けて駆けずり回っている、いわば雑用のような役割だ。

この役職となって二年目。まだ担当店舗は少ないが、その責任と重圧は感じている。けれど、そのぶんやりがいも大きい。

「へぇ。チェーン店は一律足並みを揃えてるものだと思ってた。大変だな」

「うちの会社は比較的店舗の裁量が大きくて、いろいろチャレンジできるんです。そのお店限定のメニューもやらせてもらえたり。大変だけど、やりがいも楽しみもあります」

大翔が聞き上手なため、美咲は肩の力を抜いて会話を楽しめた。自分の近況を話し終えると、次は彼にも聞き返す。

大翔は高い操縦技術を買われて二十八歳でイギリスのエアラインにスカウトされ、技術を磨くために転職したのだと教えてくれた。

「ヘッドハンティングってすごいですね。なんか映画みたい」

「航空業界は人材不足だからね。どの航空会社もやってると思うよ。どういうルートかわからないけど、訓練や資格試験の成績なんかも知られていたから」

大翔はすべての訓練や資格試験をトップの成績で通過し、最短で副操縦士となったらしい。

三年間イギリスで経験を積み、カムバックパス制度を使ってサクラ航空に再度入社したのが半年前だという。

彼は昨夜の出来事や、八年前の別れ際の仕打ちには触れず、和やかに会話をリードしてくれる。もちろん、それが大翔の気遣いであることに気づいていた。

(昔も、大翔さんは本当に優しかった)

けれど、今の彼とはその優しさに甘えていい関係ではない。食事を終えたら、そろそろお暇しなくては。

一瞬の沈黙の間をついて美咲が口を開きかけた瞬間、先に大翔が声を発した。

「それじゃ、食べ終えて準備したら買い物に行こう」

「買い物……ですか？」

こんがりと焼けたトーストを口にしながら、美咲は唐突な提案に首をかしげる。

「そう。いろいろ揃えたいものがあるんだ。少し付き合ってくれないか？」

「えっと……」

頭にたくさんのはてなマークが浮かぶ。

(どうして、私と……？)

偶然再会したものの、自分たちはそれを懐かしんだり喜んだりする間柄ではないはずだ。むしろ、彼は美咲に対して嫌悪感を抱いていてもおかしくない。

けれど大翔は昨夜行くあてのない美咲を泊めてくれた上、こうして食事まで振舞ってくれた。

それだけでも不思議なのに、なぜこのあとも一緒に過ごすような提案をしてくるのだろう。

「できれば美咲の意見を聞いて買いたいんだけど……なにか予定がある？」

大翔が少し残念そうに眉を下げた。

これから不動産屋に行こうと思っていたので、予定があるといえばある。けれど、まだ予約を入れたわけではない。

（どうしよう。お世話になっておきながら頼みごとを無下《むげ》に断るなんて失礼かな……）

彼が美咲を誘ってきたということは、女性の意見が必要な買い物なのかもしれない。

少し気まずいけれど、日を改めてお礼をするよりも今日のうちに済ませてしまったほうが、美咲としても都合がいいような気がする。

「私でお役に立てますか？」

「もちろん」

「わかりました。ではお供します」

美咲が了承すると、大翔は嬉しそうに笑った。

食事を終えて支度を済ませた美咲と大翔は、彼の運転で銀座《ぎんざ》にある百貨店へやってきた。大翔の運転する助手席に乗るのも八年ぶりだ。

「なにを買うんですか？」

「まずは食器かな。必要最低限はあるけど、今後はもう少しいろいろあったほうがいいだろうし」

そう言う彼と共にいくつか店舗を見て回り、「美咲はどれが一番好み？」と聞かれたため、戸惑いながらも自分の意見を伝える。

「このブランドの食器が好きで、いつか揃えてみたいって憧れているんです。シンプルだけど、お皿が増えていくごとに食卓がカラフルになるのが可愛くて素敵だなって」

洋食器は用途ごとに適したサイズや種類がある。例えばメインディッシュを盛りつけるディナープレートと、パスタを盛りつけるパスタプレートは大きさも深さも少し違っている。

サラダ用やパン用、デザート用など、レストランではそれぞれきちんと大きさや深さの違う皿で提供されるけれど、家庭でそこまでこだわっている人は少ないだろう。

フィンランドのブランドであるこの食器は、どんな料理にも自然と馴染《なじ》むカラーとデザインで、バリエーションも豊富にある。値段はかなり張るけれど良質で、シンプルなシルエットは飽きがこなくて長く大切に使えるものだ。

美咲は手前にある淡いピンク色のディナープレートを手にとり、早くに亡くなった母を思い出した。

美咲の母は料理や季節に合わせた器を使いたい女性だったため、実家にはさまざまな食器があった。美咲もまた、自分が結婚したらどんなお皿を揃えようかと考えたことがある。

実際、悠輔とふたりで暮らし始める時も、食器をひと通り揃えないかと提案してみた。しかし、『今あるものでいいんじゃない？　まだ使えるのに買い直すのはもったいないし』と言われ、その話は終わってしまった。

もう少し強く主張すれば彼も話を聞いてくれたのかもしれないが、結局は足りないものだけを買い足して、バラバラの茶碗《ちゃわん》やマグカップを使っていた。

それに不満があったわけではない。けれど、やはりこうして食器を選んでいると心が踊る。きっと毎日の食卓をさりげなく彩ってくれていた母のように、自分も理想の空間を作ってみたいと望んでいるからなのかもしれない。

「へぇ。淡めの色合いだけじゃなくて、ブラックとかブラウンもあるのか。なんか新鮮だな」

「あっ！　でも大翔さんのおうちのお皿は白で統一されてましたよね。それならあっちの――」

まるで自分の家の食器を選ぶような気分でいたが、これは大翔の買い物なのだ。

ハッとして別のブランドの食器を見ようとすると、彼は首を横に振った。

「いや、これにする」

大翔は力強く宣言すると、美咲が憧れていると話した北欧食器のブランドでさまざまな種類のプレートを買い揃えた。

（私の意見を聞いて決めちゃったけど、本当にいいのかな？　しかも全部ふたつずつって……これから誰かと暮らし始める準備みたい）

昨夜、大翔は『心配しなくても、美咲が思っているような相手はいない』と言っていたけれど、これではまるで同棲や結婚準備のようだ。

疑問に感じて隣を歩く大翔を見上げるが、彼は満足そうに微笑んでいた。

「ちょっ、ちょっと待ってください！　どういうことですか……！」

食器の配送の手配を済ませ、次にやってきたのはレディースのフロア。

美咲はワンピースやブラウスなどの商品を喜々として包み始めた女性店員たちに聞こえないよう、小声で大翔に問いただす。

このフロアでも美咲のお気に入りを聞き出した彼は、『ソルシエール』というアパレルブランドの店舗に入店するなり、『彼女に似合うコーディネートを二週間分組んでもらえますか？』と店員に告げたのだ。

オフィスカジュアルやお出かけ仕様のワンピースなどが次々とふたりの前に運ばれてくると、あれよあれよと試着させられ、大翔が頷いたものがレジカウンターに積み上がっていった。

「全部似合ってたと思うけど、気に入らなければ美咲も自分で選んで」

「そうじゃなくて……どうして私の服を？」

「しばらく自宅に帰らないのなら必要だろ？」

「そうですけど。こ、ここで全部揃えるなんて……」

可愛らしい雰囲気の服から職場でも浮かないシンプルかつエレガントな服、さらにはパーティー仕様のドレスまで、ソルシエールには女性心をくすぐる素晴らしい商品が揃っている。

けれどブラウス一枚一万円、ボトムスは三万円、ワンピースに至っては五万円以上というのが平均価格。お気に入りと言ったが気軽にいくつも購入できる価格帯ではなく、月に一度買い物に来るかどうかだ。

大翔が店員に頼んだ服の枚数を考えれば、美咲のひと月分の給料など軽く吹き飛んでしまう。

すがるような視線で小さく首を横に振ってみせるが、彼は「心配しなくても、美咲に支払わせるつもりはないよ」と笑った。

「えっ？」

「ほら、ここも配送にして次に行こう。明日の朝にはうちに着く」

「ちょっ、待っ、大翔さん！」

止める間もなく大翔が手配を済ませてしまい、丁寧なお辞儀で見送られる。

ソルシエールのスタッフから見えない位置まで来ると、美咲は彼の腕を引いて立ち止まった。

「あんなにたくさん買っていただくわけにはいきません。レシート見せてください、お支払いします」

レシートを要求して手を出すが、大翔は取り合ってくれない。

「気にしなくていい、俺が贈りたかっただけだから」

「そんなわけには——」

「気になるなら今は俺を篤志の代わりだと思えばいい。あいつに頼るつもりだったんだろ？」

これまでの大翔からの優しさはすべて、兄の代わりをしていたのだろうか。美咲の胸がズキンと鈍く痛む。

「……大翔さんは、お兄ちゃんじゃないじゃないですか」

確かに兄は過保護だけれど、あんなふうに大量の服を買い与えたりはしない。

「それに頼るといっても、数日泊めてもらうつもりだっただけです。できればその間にひとり暮らしのマンションを探したくて」

「ひとり暮らし？　どうせ同じ都内で働くのに別々に暮らす必要はないって、篤志は反対するんじゃないか？」

「う……私もそんな気がしますけど。だからって、この先もずっと一緒に住んでたら恋人ができた時に困るじゃないですか」

「……恋人、ね」

これまでずっと笑顔で楽しそうだった大翔の表情がすっと抜け落ち、先ほどよりも声がワントーン低くなる。

不思議に感じながらも、美咲は自分の気持ちを言い募った。

「兄が過保護なのは、きっと私が頼りなく見えるせいだと思うんです。子供の頃はともかく、私も今は一応社会人六年目のアラサーですから。ひとり暮らしだってきちんとできますし、あれこれ買ってもらわなくても自分で支払えるくらいには稼いでます」

ずっと自分に自信が欲しかった。平凡な容姿は変えられないし、急に自己肯定感が上がるわけでもない。だからこそ、自立した女性になりたくて必死に仕事に邁進《まいしん》してきた。おかげで入社四年目にはエリアマネージャーへと昇格し、給与も少しだがアップした。

仕事は楽しいし、人間関係も昨夜の悠輔との一件を除けば概《おおむ》ね良好だ。心配してくれるのは嬉しいけれど、もう自分は子供ではない。

そう告げると、大翔は食い入るようにこちらを見つめてくる。その眼差しに負けないよう、美咲もまた彼を見つめ返した。

「そろそろお兄ちゃんにも、自分だけの幸せを追いかけてほしいんです。本当は私がこのまま結婚して、ちゃんと幸せになっていればよかったんですけど」

余計に心配させかねない事態になってしまい、美咲は苦笑しながら肩を竦《すく》めた。

信頼関係を崩されたのだから、もう悠輔と結婚する未来は描けない。彼に裏切られたのはつらいし悲しかったけれど、現実として受け止められた。それに大翔と再会し、過去の記憶を思い返した今、美咲にも非があったのではないかと感じている。

結婚を見据えていたのだから美咲なりに彼に好意を持っていたし、大人の男女の付き合いをしていた。けれど、過去に大翔に向けていた恋愛感情とは種類がまったく異なっている。悠輔はそれに不満を覚えていたのかもしれない。

（浮気現場に遭遇した翌日に、こうやって冷静に分析しているなんて薄情かな）

けれど、ぽつんとひとりぼっちになってしまったような心細さを感じるほどショックを受けたのは事実だ。悲嘆に暮れずに済んでいるのは、思いきり泣かせてくれた大翔のおかげかもしれない。

「すみません。昨日私が取り乱したせいで気を遣わせてしまって」

同棲中の恋人に裏切られた美咲に同情してここまでしてくれたのだろうが、もう十分だ。

「本当に、私は大丈夫ですから」

強がりではなく本心から笑顔でそう伝えると、大翔はこちらを見つめたまま息をのんだ。

「……ビックリするほど大人になったな」

「八年近く経ちましたから」

彼と付き合い始めた当時、美咲は十九歳だった。父や兄に過保護に育てられたのもあって、実年齢以上に幼く世間知らずだった。

「あの頃の私は、きっとものすごく子供でしたよね。今さらですけど、本当にすみませんでした」

当時は自分もいっぱいいっぱいだったとはいえ、なんの非もない彼に一方的に別れを突きつけ、連絡をすべてシャットアウトした。一年間にわたる交際を終わらせる手段としては、非常識極まりない。

美咲は改めて頭を下げた。

あの頃の不満をぶつけられても、美咲にはそれを受け止める義務がある。けれど、返ってきたのは意外な言葉だった。

「君を子供だと思っていたら、あんなにも好きになってない」

「えっ……？」

美咲は咄嗟に顔を上げる。

すると、こちらをまっすぐに見つめる大翔と視線が絡んだ。

「聞きたいことも伝えたいことも山のようにある。それこそ八年分ね。でも今は美咲の当面の生活環境を整えるほうが先決だ。ほら、次は？　まだ必要なものがたくさんあるだろう」

「いえ、ですから――」

「美咲が大人になったのも、仕事をして稼いでいるのも理解してる。だけど、それとこれとは別。俺が美咲の力になりたいんだ」

大翔は低く張りのある声でそう言いきった。眼差しは柔らかく、美咲を包み込むような優しさにあふれている。

ドクン、と心臓が大きく高鳴った。まるで恋人に向けるような声音と眼差しに、美咲は一瞬で過去の感情にとらわれそうになる。

大翔はいつだって美咲に優しかった。年上の恋人の包容力で、幼さの残る美咲を受け入れてくれていた。

けれど、これは違うはずだ。

今の自分たちの関係性は〝八年近く前に終わった元恋人〟。特筆する点があるとすれば、美咲が大翔の親友の妹であるということ。ただそれだけだ。

「美咲は？」

「え？」

「美咲は俺といるのは苦痛？　八年前みたいに顔も見たくない、声も聞きたくないほど俺を嫌っているのなら、このまま引き下がるよ」

美咲は過去の自分の非常識さを思い知らされ、きゅっと唇を噛みしめる。

確かに八年前の美咲は、彼のすべてをシャットアウトした。でもそれは彼を嫌っていたからではない。

好きだから。好きで、好きすぎて、どうしても苦しくて逃げ出してしまっただけだ。

喉もとまで出かかった言葉をのみ込む。今さらそんな言い訳をしても仕方がない。

そう思ったけれど、大翔は先ほどまでの甘やかな表情はなく、こわばった顔つきで美咲の返事を待っている。

彼の様子を目にして、美咲はたまらず口を開いた。

「大翔さんを、嫌ってなんていません」

そう本音を告げた。正確には、嫌ったことなんて過去に一度もない。

「そうか。よかった」

美咲のたったひと言だけの返事を聞いた途端、彼の肩から力が抜けたように見えた。

ふわりと笑顔を浮かべ、「じゃあ行こうか」と美咲の背中に手を添えて再び歩きだす。

「俺と一緒にいるのが苦痛じゃないのなら、このまま必要なものを買いに行こう」

「えぇっ？　待ってください、それとこれとは話が——」

「違わないよ。君が俺を嫌っていないのなら、俺はもう二度と引き下がらない」

大翔の纏う雰囲気が、こちらを見つめる瞳が、ぐっと色濃くなる。

心臓がドキドキと音を立て、まるで口説かれていると錯覚しそうだ。美咲は彼の放つ熱に圧倒され、ただその瞳を見上げるしかできなかった。


百貨店からの帰り道、車の中の会話はやはり互いの仕事の話がメインだった。

大翔は今、型式移行訓練を受けているのだという。

「いずれＭＦＦパイロットとなるのを見越して、再就職後は７８７に乗務してほしいと要望があったんだ」

「ＭＦＦ？」

「あぁ。同時期に違う機種の飛行機を操縦できないのは知ってるだろ？」

「はい。それぞれ免許が違うんですよね？」

飛行機は車と違って型式ごとにシステムや手順などが異なった操縦仕様のため、乗務できる機種はひとつに限定されている。そのため、別の機種に乗務する際にはその型式のライセンスを取得する必要がある。

「そう。だけど777と787は操縦手順が共通化されていて、類似した型式として認可が下りたんだ。だから同時期の乗務が可能になる」

ＭＦＦとはMixed Fleet Flyngの略で、航空機メーカーや航空局から操縦特性が類似していると承認を受けた型式の同時乗務が認められる制度らしい。

「海外では珍しくない制度だけど、日本ではここ数年でようやく取り入れられたんだ。会社としては柔軟なシフトが組めるから運行の幅が広がるし、俺たちパイロットはそれぞれの機種で経験を積んで多くの種類の航路を運行できる。そういう未来を作りたいというサクラ航空のビジョンに共感したから戻ってきたんだ」

瞳を輝かせて今後の航空業界の展望を語る姿は、学生の頃に美咲の父の話を聞きに来ていた大学生の頃のままだ。

「っと、ごめん。つまらない話だったな」

「いえ。大翔さんは今後の航空業界を担う優秀なパイロットになったんですね」

「優秀かどうかはわからないけど、一度海外に出たおかげで年齢のわりには経験を積めたとは思うよ」

ハンドルを握りながらそう言う彼は、自信と余裕に満ちて泰然としている。八年前よりも格段に磨かれた男ぶりに、トクントクンと胸がどうしようもなく高鳴るのを感じた。

（なにを考えてるの、悠輔と別れたばかりなのに。それに八年前のことを考えたら、もう大翔さんとどうにかなるなんてあり得ない）

美咲はなに食わぬ顔で彼の話に頷きながら、視線をそっと正面に移した。

それから十五分ほどでマンションに到着した。大翔は車寄せに停車し、出迎えてくれたコンシェルジュの男性に駐車場へ運んでもらうよう頼んでいる。

結局、あれから大翔に促されるまま買い物を続け、スキンケア用品や下着だけでなく日用品などの細々したものまで揃った。

あとは落ち着いた頃に悠輔の家にある自分の荷物を取りに行き、兄を説得してひとり暮らしを始めるだけだ。

「ありがとうございました。結局、ほとんど買ってもらっちゃって……」

「気にしないで。俺がしたくてしたんだから」

なんでもないように言うけれど、今日一日でいくらお金を使わせてしまったのだろう。金額を考えるのは無粋だとはいえ、どうしても気になった。

そのまま大翔にエスコートされるようにエントランスを歩いていると。

「美咲……っ！」

自分を呼ぶ悲痛な声に、ビクッとして周囲を見回す。

植え込みの影から出てきたのは悠輔だった。

「……どうして、ここに」

同棲する以前はデートの帰りに送ってくれたこともあるため、悠輔がこのマンションを知っているのは不思議ではない。けれど、すでに別れたはずなのになぜここに来たのだろう。

「心配して探してたんだ。でもよかった、やっぱりお兄さんのところだったんだね」

悠輔はちらりと気まずげに大翔を見上げると、すぐに美咲の方に走り寄ってきた。

「本当にごめん！　彼女は……由加は前に付き合っていた女性で、昨日偶然再会したんだ。仕事でなにかあったらしくて、落ち込んで傘も差さずにずぶ濡れで……ほっとけなくて、つい家に上げた。最初は本当に話を聞いていただけなんだ」

必死の形相で言い訳を並べ立てる悠輔の顔を、美咲は黙って見つめていた。

「俺はあんなことするつもりじゃなかった。自棄《やけ》になった由加が『抱いてくれないと帰らない』って泣きだして、それで仕方なく——」

「相手のせいにするのはやめて。彼女がなにをしようと、行動に移したのは悠輔でしょう？」

「それは、ほっとけなくて……。気の迷いというか、魔が差しただけなんだ。本当にごめん。でも俺は、今でも美咲と結婚したいと思ってる」

美咲だって、昨夜までは悠輔と結婚するつもりでいた。けれど悠輔の浮気が露呈した今では、波が引くようにさぁっと気持ちがなくなってしまったのだ。

美咲と結婚するつもりがありながら別の女性ともベッドを共にできる感覚が理解できないし、どうしても嫌悪感が募る。

「……ごめんなさい。でも、もう」

美咲は静かに首を振った。

すると悠輔の声がさらに大きくなり、美咲の肩を掴《つか》もうとする。

「待って！　もう二度としない。何度でも謝るから。だからお願いだ、たった一度の間違いで別れるなんて決めないでくれ」

「その辺でやめてもらおうか」

突然庇《かば》うように肩を抱かれた美咲は驚き、声の主を振り仰ぐ。

ヒートアップした悠輔を止めたのは、美咲の少し後ろに控えていた大翔だった。彼は身を竦ませた美咲を守るように抱き寄せ、鋭い眼差しで悠輔を睨みつけている。

「美咲は俺が幸せにする。彼女を泣かせた君の出る幕はない」

大翔が普段よりさらに低く硬質な声で言い放つと、悠輔は驚いたように目を見開いている。

「あ、あなたは美咲のお兄さんじゃ……」

「行こう、美咲」

「……大翔さん、待って」

相手をする価値もないとその場を去ろうとする大翔を遮り、美咲は悠輔に向き直る。すると、悠輔はホッとした表情を見せた。

「美咲、うちに帰ってゆっくり話そう」

「ううん、もう帰らない。昨日も言ったけど、私と別れてほしい」

「そんな……っ、本当に昨日は魔が差しただけなんだ。これまで一度だって浮気なんてしてないし、今後も二度としない。あの部屋が不快ならすぐに引っ越す。だから――」

「それでも私はもう悠輔を信じられないし、一緒にはいられない」

美咲の言葉を聞き、悠輔がぐっと唇を噛む。

昨晩の行為を後悔していることも、美咲の気持ちを取り戻そうと必死になってくれていることもわかっている。それでも、もう悠輔のもとには戻れない。

「……美咲は、本当に俺を好きだった？」

静かにそう問われ、美咲は迷いなく頷く。

誰に対しても優しいところや、仕事を懸命にしている姿を好ましいと思っていた。

「私なりに悠輔との未来を考えてた。でも……悠輔が求めていたものを、私は与えられていなかったんだよね」

ほとばしるような愛情や身を焦がすほどの激しい熱情を、悠輔に対して抱けなかった。相手の女性が『なかなか振り向いてくれない彼女』と言っていたのは、美咲について悠輔が漏らした本音なのだろう。

美咲は信頼という絆《きずな》で結ばれた夫婦になりたいと思っていたけれど、彼は物足りなさを感じていたのかもしれない。

しん、と辺りを静寂が包む。

大きく息を吐き出して、美咲は「一年間、ありがとう」と告げた。それが、ふたりの交際に幕を下ろす合図となる。

悠輔はなんの反応も返さないまま、踵を返してその場をあとにした。

彼の背中が見えなくなるまで見送ると、こわばっていた身体から力が抜ける。

(私って、恋愛とか結婚に向いてないのかも……)

好きになりすぎれば相手を困らせるほどに嫉妬をして、苦しさに身動きが取れなくなる。かといって冷静に結婚を見据えてみても、相手との気持ちの温度差に気づけずに失敗した。

悠輔の浮気を知って、パートナーとして信頼を裏切られたショックはあったけれど、嫉妬して苦しくてどうしようもないという感情は湧いてこなかった。

思わず天を仰ぎ見る。反省と後悔、罪悪感、寂寥感《せきりょうかん》、さまざまな感情が胸の中で渦巻き、無性に泣きたくなった。

どうして自分は、うまく恋ができないのだろう。

「大丈夫か？」

大翔から幾分穏やかさの戻った声で尋ねられ、滲みそうになった涙がひゅっと引っ込んだ。

(そうだった、大翔さんがいたんだった……！)

別れ話の一部始終を見られていたなんて、いたたまれないことこの上ない。美咲は羞恥に染まる頬を隠すように、ぺこりと頭を下げる。

「す、すみません、変なところを見せてしまって。それと、庇ってくれてありがとうございました」

悠輔がヒートアップしかけた時、大翔が間に入ってくれなかったら、もっと拗《こじ》れてしまっていたかもしれない。

『美咲は俺が幸せにする。彼女を泣かせた君の出る幕はない』

大翔を美咲の兄だと勘違いしていた悠輔は彼の発言に驚いていたが、美咲もまた驚いた。

あの場を収めるための方便だとわかっているけれど、あの言い方はまるで大翔が美咲を女性として大切に想っているかのように聞こえる。

（そんなこと、あるはずないのに）

美咲が内心で否定するのと同時に、大翔は「庇ったわけじゃない。本心だ」と真剣な眼差しでこちらを見下ろす。

「俺と、やり直さないか」

美咲は身体を硬直させ、まばたきを繰り返した。

空耳でも、聞き間違いでもない。確かに大翔は、復縁を求めた。ゆっくりと一音一音を明確に発音して、必ず美咲に理解させようとしているかのように。

幼かったとはいえ、あんな別れ方しかできなかった美咲に、やり直さないかと尋ねている。

「……どう、して」

聞いたばかりのセリフを頭の中で何度も復唱し、その意味を理解した上で彼の真意を考える。でもどれだけ考えても、その答えは見つからない。

「再会して、美咲を忘れられなかった自分を自覚したから……かな」

熱のこもった瞳に見つめられ、たじろぎながらも視線を逸らせない。

忘れられなかったのは美咲も同じ。ずっと心の奥底に大翔の存在があった。けれど、八年も前の恋心がずっと続いているわけではない。

現に美咲には昨夜まで結婚を考えていた相手がいたし、きっと大翔だってこの期間にさまざまな恋愛を重ねてきただろう。

動揺して固まる美咲に対し、大翔は「ごめん」と謝る。

「このタイミングでこんな話をするのはずるいってわかってる。だけど今日一日ふたりで過ごして、改めて美咲の隣にいたいと思ったんだ」

「そんな、昨日から失態を見せてばっかりだったのに」

「いや。仕事にやりがいを見出してる頑張り屋なところも、家族思いなところも、俺の話を楽しそうに聞いてくれるのも、全部好きだよ」

さらりと会話の中で好きだと告げられ、美咲は二の句を告げずに頬を赤く染める。

「そういう照れ屋なところも変わってないな」

「ひ、大翔さん」

「でも、八年前よりももっと可愛くて、ずっと綺麗になった」

大翔は極上の甘く低い声で褒めると、柔らかく微笑んだ。

（こ、この声はずるい……！）

きっと今の自分は首や耳まで真っ赤になっているだろう。恥ずかしさに顔を覆ってしまいたくなるのをぐっとこらえた。

「だから、なりふり構っていられないんだ。今この機会を逃せば、君はまた別の男のものになってしまうかもしれないだろ。再会して気持ちを自覚した以上、それをただ黙って見ているなんて俺には無理だ」

どう答えるべきか、なにを言うべきか。予想外の展開に頭が真っ白になってしまって、なにも言葉が出てこない。

心臓があり得ないほど大きく暴れていて、体温がじわじわと上がっていく。

「卑怯だと思われても、美咲がフリーになったこのチャンスを逃したくない」

柔らかい微笑みから一転、獲物を狙う肉食獣のように鋭い眼差しで美咲を射抜く。

金縛りにあったかのように身動きがとれなくなっていると、後ろから聞き慣れた声がした。

「大翔……と、美咲か？」

振り返ると、キャリーケースを引きながらこちらに歩いてくる篤志が眉間に深い皺を寄せている。

「お、おかえりなさい、お兄ちゃん。国際線乗務だったんだね」

「あぁ、ただいま。それよりどうしたんだ。なにかあったのか？」

「……うん、まぁ」

結婚を視野に入れて同棲すると決め、『本当にいいのか』『後悔しないのか』とずっと心配してくれていたのを押しきって兄のマンションを出たのは半年前。

こんなにも早く出戻ってくるなんて不審に思われてしまうだろうし、浮気されたのだと知れば悠輔のマンションに乗り込んでいきそうな気がする。

あまり心配をかけないためにはどう伝えるべきか悩んで言い淀《よど》んでいると、大翔が助け舟を出してくれた。

「お疲れ、篤志。そんな怖い顔するなよ。とりあえず入って座ろう」

いつまでもエントランス前で突っ立っているわけにはいかない。大翔に促され、赤絨毯《じゅうたん》の敷かれた廊下を進んだ。

このマンションにはコンシェルジュカウンターの奥に、住人が自由に利用できる共用のラウンジがある。

美咲と大翔がテーブルの奥のソファに並び、篤志は向かいのひとり掛けのスツールに腰を下ろす。

「それで？　どうして美咲と一緒にいたんだ？」

早速本題を切り出す篤志に対し、美咲よりも先に大翔が口を開いた。

「昨夜、うちに泊めたんだよ」

「……は？」

「大翔さんっ⁉」

いろいろな説明を飛ばして、なぜその部分だけをピックアップしたのか。

美咲は慌てて大翔を制止しようとしたが、彼は昨晩の一部始終を話してしまった。

話が進むにつれ、兄の眉間の皺が深まっていくのがありありと見て取れる。

「……浮気野郎の家を出てきた美咲をたまたま見つけた大翔が家に泊めて、今まで仲良く買い物してたってことか」

すべてを聞き終えて問う篤志の声は、奈落の底よりも低い。どうやら想像以上に怒っているらしい。

「本当はお兄ちゃんの家に泊めてもらおうと思って来たんだけど、仕事で留守だったから」

「だからあれほど鍵を持っておけと言っただろう。それで、その浮気野郎は？」

「大丈夫、ちゃんと話して別れたよ。浮気されたのはショックだったけど、私にも原因があったからこうなって――」

悠輔だけが悪いわけではないと説明しようとしたが、即座に否定された。

「それは違う」

「そんなわけないだろ」

隣からも正面からも一刀両断され、美咲は口を噤《つぐ》む。

「もし相手に不満があったとしても、それを伝えて話し合えばいいだけだし、どうにもならないと思うなら別れてから他に恋人を作ればいい。それをしないで別の女性と浮気するなんて愚の骨頂だ」

「同感だな」

不機嫌そうな大翔が篤志の言葉に頷いた。

兄の意見はもっともだ。けれど、悠輔に同じだけの想いを返せなかった自分にも原因はある。

そう言い募ろうとしたところに、またしても大翔の爆弾発言が飛び出した。

「でもそのおかげで美咲がフリーになって俺にもチャンスが巡ってきたんだ。もう過去の男の話はいいよ」

「チャンス？」

篤志は大翔に聞き返し、視線で続きを促す。

「あぁ。今、ちょうどやり直さないかって美咲を口説いていたところだ」

美咲がぎょっとして隣の大翔を見ると、同意を求めるように微笑まれて目眩《めまい》がしそうだった。

(確かにその通りだけど、なんでそれをお兄ちゃんに……！)

篤志から「そうなのか？」と問われ困惑している美咲をよそに、さらに大翔は話を続ける。

「美咲がこれからひとり暮らしを始めるマンションを探そうとしているんだけど」

「ひとり暮らし？」

「あぁ。そこで篤志に相談なんだが」

一度、言葉を切った大翔は、真剣な眼差しで篤志を見据える。

「美咲の新居が決まるまでの間、このままうちで一緒に暮らしたい」

大翔が口にした話に大きな反応を示したのは、篤志ではなく美咲だった。

「えぇっ？　どういうことですか」

「さっきも伝えたように、俺は美咲とやり直したい。だから今の俺を知ってほしいんだ。チャンスをくれないか？　美咲がひとり暮らしを始めるまでの間だけでもいい。俺のところにいてほしい」

「い、いきなり同居なんて……そんなの無理ですよ」

とんでもない提案に、美咲は驚いた。

ぶんぶん首を振る美咲に対し、てっきり猛烈に反対すると思っていた篤志が「いいんじゃないか」と大翔の提案に頷いた。

「ひとり暮らしするにも、部屋なんてそう簡単には見つからないだろ。その間、大翔と一緒なら安心だ」

「えっ？　私、少しの間お兄ちゃんの部屋に置いてもらうつもりで……」

「あぁ、そうしてやりたいんだけど……実は、少し前から付き合ってる女性がいるんだ。もう何度か部屋にも呼んでて彼女の荷物も置いてるから、悪いけどそう何日も泊めてやれない」

早口で言いきる兄の顔をじっと見つめる。

（お兄ちゃんに、付き合ってる女性が……）

篤志は父親似の切れ長な目が印象的な顔立ちで、妹の美咲から見ても整った容姿をしている。実際に小学校高学年の頃には女の子たちから絶大な人気があったし、過去には彼女がいた時期があるのも知っている。

けれど父が亡くなってからは、兄が女性と付き合っている素振りを見せたことは一度もない。美咲はそれを自分が頼りないせいなのではと、ずっと気に病んでいた。

そんな兄に、恋人ができた。きっと美咲が結婚を前提に家を出たことで区切りがつき、兄も自分の幸せを考え始めたのだろう。

美咲は自分の現状を忘れ、大きな喜びに胸が満たされるのを感じた。

（そっか。よかったぁ……！）

とても嬉しいし、絶対に邪魔をしたくない。

「よかったね！　お兄ちゃん」

「あ、あぁ。サンキュ」

「ねぇ、どんな人なの？　いつ知り合ったの？　私もいつか会ってみたいな」

「それより、今はお前の話だろ」

あれこれ聞きたがる美咲に、篤志は呆れた表情を向ける。

「ひとり暮らしに反対はしないけど、セキュリティがしっかりしてるところというのが絶対条件だ。多少高くてもいい。払えない差分は俺が出す」

「大丈夫。私だって働いてるんだから、ちゃんと自分で払える家賃の物件を探すよ」

「そうなると探すのに多少時間がかかるだろ。それまでホテル生活ってわけにもいかないし、ここなら職場にも近い」

「う……そ、そうだけど」

篤志の言葉にたじろぐ美咲に、大翔もここぞとばかりに押してくる。

「半年前まで篤志と住んでたなら、ここからの通勤にも慣れてるだろ？　部屋は空いてるからプライベート空間は確保できる。家事は俺が担当するし、家賃もいらない。それなら仕事に支障はないし、ひとり暮らしに向けて資金を貯められる」

次々と魅力的な条件を羅列していく大翔を見て、向かいの篤志は「必死だな」と笑っている。

けれど、美咲はとても笑えない。

「なにか不満な点はある？　他に要望があれば、できる限り叶《かな》えるよ」

「不満なんて……私にばかり都合のいい条件しかないです。でもいきなり同居なんて、大翔さんの負担になるんじゃないですか？」

「俺から提案してるんだ、負担なんてないよ。美咲との時間ができて、もう一度やり直せるチャンスがもらえるのなら、俺にとっては願ったりだ」

見惚《みほ》れてしまうような微笑みを見せられ、美咲はそれ以上なにも言えなくなる。

するとふたりのやりとりを見ていた篤志が立ち上がった。

「決まりだな。大翔、頼む」

「あぁ」

「……二度目はない」

「言われなくても」

短い言葉の応酬についていけない美咲に、篤志は「じゃあ、なにかあったらすぐに連絡しろよ」と頭をぽんとたたいてラウンジを出ていった。

ゴロゴロと鳴るキャリーケースの音が聞こえなくなると、辺りはしんと静まり返る。

(どうしよう。本当にしばらくの間、大翔さんの家でお世話になるの……？)

同棲していた恋人と別れ、実家もなく、兄は恋人ができて頼れない。住む場所を失った美咲にとって、大翔の提案はとてもありがたいものだ。

けれど、彼は美咲との復縁を望んでいる。今の自分を知ってほしいと、この同居をチャンスだと言っていた。

なぜ彼が今さら美咲を選ぶのか、本気でやり直したいと思っているのか、まだ驚きと困惑でのみ込めていない。

仮に大翔の気持ちが本物だとして、その想いに応えられるかわからないのに同居に頷くなんて、彼の好意を利用していることにならないだろうか。

「……そんなに困った顔をしないで。美咲が嫌がるような真似は絶対にしない。ただ、もう一度好きになってもらう努力をするのを許してほしいんだ」

隣に座っていた大翔の大きな手が美咲の手に重ねられ、ドキッと心臓が跳ねた。ぎゅっと握られた手から、彼の想いが流れ込んでくる。

「これ、嫌？」

美咲は黙って首を横に振る。

「でも……まだ自分の気持ちがわかりません」

大翔の気持ちを聞いて戸惑ってもいる反面、心の奥底では嬉しいと感じている自分がいる。けれど悠輔に裏切られたショックを忘れたいために、自分を好きだと言ってくれる大翔に逃げているだけなのでは？という疑念が消えない。

「大翔さんも見ていた通り、私は一年付き合った彼と別れたばかりで、大翔さんとやり直すとか……そういうのを考える余裕もまだなくて」

「うん」

「それなのに住むところがなくなったから頼るなんて、ずるい気がして」

「俺が頼ってほしくて提案したんだから気にしなくていい。それに、ずるいのは俺のほうだ。美咲が断りにくいとわかってるのに、逃げ道を用意してあげられない」

自嘲するような声音に、胸がきゅっと切なく疼《うず》く。

「この八年間、誰にも心が動かなかったのは美咲を忘れられなかったからだ。自分でも執念深いと呆れるし、ただ過去を美化してるだけなんじゃないかと考えたこともある。でも、こうして再会してわかった。やっぱり俺は、美咲以外は好きになれない」

美咲は目を見開いた。

「八年間、誰にも……？」

「あぁ。美咲と別れてから、特別な関係になった女性はひとりもいない」

まさか、と思う。

大翔ほどの男性を、周囲の女性が放っておくはずがない。数えきれないほどの告白や誘いを受けているであろうと想像がつく。それなのに――。

「どうして……私、大翔さんにひどいことを言ったのに」

「確かに当時は『なんで今さら』って思ったよ。パイロットになるために努力してるのに、それを否定されたような気がしてショックだった」

当時の心境を聞き、美咲は俯いて唇を噛んだ。

「でもそれ以上に、どうしたら俺を信じられるかわからないと言った美咲の泣き顔が、ずっと頭から離れなかった。自分がふがいないせいで美咲を失ったんだって、ずっと後悔してた」

「ちが……っ、大翔さんはなにも悪くないです！」

つい声が大きくなる。当時と同じ言葉しかかけられないのが情けないが、それが事実だった。

「アメリカでの訓練から帰国してすぐに連絡したけど、電話番号もSNSもすべて繋がらなかった。恥を忍んで篤志を頼ったら、父親を亡くして憔悴《しょうすい》している美咲に近寄るなと断られたよ。大切な妹を泣かせた俺を許せなかったんだろう」

「すみません。兄にも大翔さんは悪くないと説明したんですけど……」

「実際、泣かせてしまったのは事実だから。それでも諦めきれなくて、一度美咲の大学に行ったんだ。君は同級生らしき男と歩いていて、俺といる時よりも楽しそうに笑っていて……それを見て、諦めるしかないんだと悟った。いつからあんなふうに笑う美咲を見てないだろうって愕然《がくぜん》としたんだ。俺なりに美咲を大事にしていたつもりだったけど、美咲の不安の種を見落としていたんだって」

不安の、種……。

美咲の脳裏に、佐奈の勝ち誇った美しい顔が浮かぶ。

大翔と過ごす時間は楽しかったし、幸せだった。けれど、同じだけ嫉妬で苦しかった。

大翔から向けられている愛情を、過去に別の誰かが受け取っていた。その事実を考えるだけで胸が痛いのに、その〝誰か〟が目の前に現れ、会うたびに不安を煽《あお》ってくる。

佐奈に立ち向かうだけの自信も、不安な気持ちを正直に伝える勇気すらなかった。大丈夫だと見ないふりをしていても、いつしか種は芽吹き、気づいたら無視できないほどに大きく育ってしまった。

「こうやって美咲がフリーになったタイミングで再会できたのは運命だと思ってる。その不安の種がなんだったのか、いつか教えてくれたら嬉しい。今度こそ、絶対に見落としたくない」

「大翔さん……」

「もう一度好きにさせてみせる。ゆっくりでいいから、俺との未来を考えてみてほしい」

熱のこもった眼差しに貫かれる。

八年前と同じか、それよりももっと急速に目の前の男性に惹かれていく予感がして、全身が小さく震えた。

3．思いがけない溺愛

「ありがとうございました」

レジでの会計を終えた美咲は頭を下げて女性客を見送ると、ふう、と小さく息を吐き出した。

ここ、カランド羽田空港第一ターミナル店は、空港の稼働に合わせ朝の六時半から夜の八時まで営業している。

旅行前のウキウキした様子の家族連れや、仕事先から疲れて帰ってきた人、この空港で働くスタッフなど、さまざまな客が訪れるこの店はどの時間帯も客足が途絶えることはない。

大翔と同居を始めて、約二週間が経った。

美咲は一週間ほど前から、羽田空港店に接客スタッフとして立っている。

本来エリアマネージャーが店舗に立つ機会はほとんどないが、この店の副店長が事故に遭い、足首の靭帯《じんたい》を損傷してしまったと連絡があった。幸い重症ではなく、本人も治り次第復帰すると話している。診断書によると、完治には一ヶ月半ほどかかるらしい。

今年のゴールデンウィークはうまく休みを繋ぎ合わせれば十一連休となる。空港は旅行客でごった返し、第一ターミナルにほど近いこの店も通常以上に混雑が予想される。

そんな中、副店長不在で店を回すのは難しいため、エリア担当である美咲がその間のシフトの穴を埋めるために駆り出された形だ。

今日は連休中日の平日だが、やはり休みを取っている人が多いのだろう。通常以上に混み合っていた。

店内をぐるりと見回すと、パントリー内で困った顔をしながらドリンクを作る女性スタッフが目に留まった。美咲はすぐに彼女のもとに行き、声をかける。

「大丈夫？」

「すっ、すみません。新規のオーダーとアフターの催促が一気に来てしまって……」

胸の名札には【トレーニー　葛西《かさい》】と書かれている。一ヶ月前に新しく入ったバイトの大学生だ。いつも黒髪を緩いお団子ヘアにしており、おっとりした雰囲気の真面目な女の子である。

新人であるトレーニーには基本的に『トレーナー』という教育係がつくはずなのだ

けど、彼女の周りに誰もいない。

申し訳なさそうに頭を下げる葛西を制し、オーダー伝票に目を通す。

「新規はパフェとのセットだからまだ時間に余裕あるし、まずは食後のカフェラテを先に作っちゃおうか。ロイヤルミルクティーの牛乳だけ先に温めておいてくれる？」

「はい」

「慌てなくても大丈夫。まずは丁寧に、おいしくね」

美咲が笑顔で告げると、彼女もホッとした表情で頷いた。

その後、新規のオーダーを手伝いつつ、再び店舗全体を見回す。店内は満席に近いものの新規の来店はまばらとなり、ランチタイムのピークは過ぎ去ったようだ。

パントリー台を拭いていると、「やー、すいません。どうしても我慢できなくて四番行ってました」と辻村《つじむら》が戻ってきた。四番というのはトイレの隠語で、どうやら今日は彼が葛西のトレーナーらしい。

「まじごめん、葛西さん。大丈夫だった？」

「はい。佐伯マネージャーが手伝ってくださったので」

「あっ、そうなんすね。佐伯マネもありがとうございました」

「ううん。それにしても辻村くん、もうトレーナーになってるんだね」

辻村は二十四歳の男性で、美咲がエリアマネージャーになってからこの店でバイトを始めている。バンド活動をしているらしく、派手でチャラそうな見かけをしているけれど、物覚えが早くて要領がいい。まだ一年しか経っていないものの、ここ数日の働きぶりは頼もしい限りだった。

「今日はたまたまベテラン勢が少なくって。普段はあんましないっすよ」

「でも店長も褒めてたよ。辻村くんがいる日はチームワークもいいし、シフトもたくさん入ってくれるから助かるって」

お調子者でムードメーカーの彼は、店舗を円滑に運営するにはとてもありがたい人材だ。

「まじっすか。あっ、ていうか佐伯マネ。そろそろ時間、時間」

そう言って、彼は店の壁掛け時計を指差した。

「え？」

「あっ、例のイケメンパイロットですか？」

葛西が好奇心に瞳を輝かせる。

「そうそう！　佐伯マネに会うために、休憩時間は必ず来んの。もう佐伯マネしか視界に入ってないって感じでさー。めっちゃ愛されてるっすね」

「こら、トレーナーが無駄口たたかないの。仕事して」

辻村がニヤニヤと笑みを浮かべてからかってくるのを、美咲はあえて眉間に皺を寄せて窘《たしな》める。

「わぁ、佐伯マネージャー、顔真っ赤ですよ。ふふっ、可愛い」

どれだけ怒ったふりをしてみても周囲には照れているのがバレバレらしく、それが余計に恥ずかしい。エリアマネージャーの威厳もなにもあったものではない。

「もう、葛西さんまで。はい、ラウンドしながらバッシングしてきて」

店内を回りながら食事の済んだ皿を下げるように指示を出したその時、辻村が嬉しそうに美咲の背後に視線を移す。

「あ、ほら！　噂をすれば」

振り向くと、まっすぐに美咲へ視線を向ける大翔の姿があった。

ドキッと心臓が跳ねるが、それを表に出さないように営業スマイルで出迎える。

「いらっしゃいませ」

「お疲れ様。いつもの頼める？」

辻村の言う通り、大翔は美咲がシフトに入っている日は必ずこの時間にやってきては、コーヒーとサンドイッチをテイクアウトしていく。カランドで働くスタッフの中で噂になり、オーダーが『いつもの』で通ってしまうほど常連となって通っているのだ。

「はい。アイスコーヒーとBLTサンドですね。少々お待ちください」

「あ、待って」

「はい？」

「顔が赤い。もしかして風邪引いた？」

カウンター越しに大翔の手が伸びてきて、そっと美咲の頬に触れた。心配そうにひそめられた低い声音は、普段よりも甘く響く。

ふたりの様子を後ろで見ていた葛西が「きゃあっ」という黄色い声をあげたのが聞こえ、美咲は慌てて一歩後ずさった。

(顔が赤いのは大翔さんのせいですから……っ！)

大翔がこうして毎日来店し、美咲に対し好意を抱いているのを隠さずに接するため、『イケメンパイロットに言い寄られているエリアマネージャー』とスタッフの間で話題になっているのだ。きっとこの様子も、あとで辻村や葛西からネタにされるのだろう。

それに大翔が来店すると、スタッフだけでなく店内の女性客の視線も集まっている気がする。

金のラインが入った濃紺の制服はもともと目立つ上、大翔は長身でモデルや俳優顔負けのルックスだ。パイロットとしても、稀《まれ》に見る端正な顔立ちの男性としても、気になって視線を向けてしまう気持ちはとてもよくわかる。

本人は注目されるのに慣れているらしく、気にする素振りもない。けれど、それに巻き込まれる美咲は恥ずかしくていたたまれない。

「外でこういうのは困ります」

じっと睨んでみせると、彼は小さく首をかしげた。いい大人の男性なのに、大翔がするとドラマのワンシーンのように様になる。

「じゃあ、外じゃなければいい？」

「そっ、そういう意味じゃありませんっ」

「ははっ、ごめん。わかってるよ。体調が悪いわけじゃないならよかった」

美咲の頭をぽんと撫で、レジカウンターの横によける。

（だから、そういうのが困るって言ってるのに）

美咲は心の中で不満を叫びつつ、平静を装って仕事に戻った。

ドリンクを作っている様子をじっと見つめられているのが背中越しにもわかり、じんわりと身体が火照《ほて》る。

他の客と同様に「お待たせしました」と商品の入った袋を手渡し、手を振って爽やかな笑顔で去っていく大翔を見送った。辻村と葛西のなにか言いたげな視線は、いっさい無視することにする。

その後も数組のレジを済ませ、バイトの子たちに順番に休憩を促すと、あっという間に午後二時を過ぎた。

「お疲れ様。落ち着いたし、打ち合わせ兼ねて一緒に休憩に入らない？」

美咲と同期入社で、羽田空港店の店長である岸辺理香《きしべりか》が声をかけてきた。

彼女は美咲と身長は同じくらいだけど、折れそうなほど細く手足が長いモデルのような体型で、猫を思わせる少し吊《つ》り気味の目が印象的な美人だ。

「うん。そうしようか」

理香に頷き、辻村や他のスタッフにも「店長と一番入りますね」と伝えてから店を出る。

頭の回転が早くテキパキと仕事をこなす理香は一貫して現場主義を貫いており、エリアマネージャーではなく店舗に立ち続ける道を選んだ。

『人と話すのが好き』と話す彼女の接客は丁寧で、後輩やスタッフを育てる術にも長けている、とても頼りになる店舗責任者だ。

「はぁ、お腹すいた。美咲はなに食べたい？」

「この時間ならわりとどこでも空いてるよね。展望フロアにあるパンケーキのお店は？」

「いいわね、そうしよう」

朝から立ちっぱなしで接客しているため、もうお腹はぺこぺこだ。

お目当てのパンケーキの店は思った通り空いていて、奥の窓際の席に案内された。大きな窓からは滑走路を一望でき、離着陸する飛行機がよく見える。

（久しぶりに店舗に立つのは楽しいけど、空港店っていうのがね……）

学生時代、美咲はこの店でバイトをしていた。

店の前を大翔が通るたびに目で追いかけ、その日一日が幸せでいっぱいになる。彼を待って一緒に帰宅する日もあった。反対にバックヤードで佐奈と鉢合わせたり彼女が来店したりした日は、攻撃的な言葉を浴びて落ち込んでいた。

（もう空港に近づくのすら苦しくてバイトを辞めたのに、まさか数年経ってここの担当になるなんて）

エリアマネージャーに昇格し、担当店舗の一覧を見た時は驚いた。

空港に行くたびに大翔や佐奈と顔を合わせてしまうのではないかと、変な緊張感があった。

理香から、ふたりともこの数年見かけたことがないと聞き安心していたのだが、まさか仕事とは全然関係ないところで彼に再会するとは思いもしなかった。

「各務さん、今日も来てたわね」

「……見てた？」

「たぶん、店の中にいた全員があなたたちのやりとりを見てたわよ」

理香は肩につかない長さで切りそろえたボブヘアを耳にかけ、クスッと笑った。

互いに注文を済ませると、理香が先ほどの美咲と大翔のやりとりに言及する。

「『孤高のパイロット』なんて呼ばれる各務さんが自分の職場でなりふり構わず美咲にアタックするんだから、かなり本気よね」

空港店のシフトに入るようになってから知ったのだが、大翔はイギリスの航空会社に転職する以前から『孤高のパイロット』と言われているらしい。誰とも馴れ合わず滅多に笑顔を見せないため、そうしたふたつ名がついたそうだ。

常に笑顔で穏やかに接してくれる大翔しか知らない美咲にとっては、まったくピンとこない。

「……そう、なのかな」

「なによ。あれだけわかりやすく口説かれてるのに、まだ疑ってるの？」

「ううん、別に大翔さんの気持ちを疑ってるってわけじゃないんだけど……」

美咲はうまく説明できずに口ごもった。

理香の言う通り、大翔は美咲への想いをいっさい隠さない。美咲を大切に想っているのだと、同居を始めたこの二週間、言葉や行動で真摯に伝えてくれている。

『この八年間、誰にも心が動かなかったのは美咲を忘れられなかったからだ。自分でも執念深いと呆れるし、ただ過去を美化してるだけなんじゃないかと考えたこともある。でも、こうして再会してわかった。やっぱり俺は、美咲以外は好きになれない』

真剣な眼差しで伝えてくれた彼の言葉を嘘だと思いたくはない。

けれどももし本当なら、一方的に別れを告げた美咲をずっと想っていてくれたということで、ひとり勝手に嫉妬に苦しんで大翔を傷つけた過去の愚行を思い返すと頭を抱えたくなってくる。

すると、理香が肩を竦めて笑う。

「まぁ、あんな強烈な元カノに攻撃された過去はそうそう忘れられないし、不安にもなるわよね」

そう納得され、美咲も同じように苦笑した。

理香とは羽田空港店でバイトしている時からの付き合いだ。大学は別だったものの同じシフトに入る機会が多く、同い年と知り仲良くなった。

そのため美咲がパイロット候補生だった恋人を追いかけてバイトを始めたのも、佐奈から嫌みを言われているのも、嫉妬で苦しくなって別れを告げたのもすべて知っている。

『絶対各務さんに伝えたほうがいいよ！』と何度も助言をくれたし、佐奈が同僚を連れて来店し大きな声で大翔との関係を匂わせる発言をしていた時などは、『コーヒーにタバスコ入れて出してやるわ』と美咲のために怒ってくれた。

大翔と別れてバイトを辞めたため一時期は疎遠になったが、カランドの内定式でバッタリ再会し、そこからまた縁が続いている大切な友人だ。

羽田空港店にヘルプに入った初日に、理香にはここ最近の出来事をすべて打ち明けている。

「なんていうか……気持ちの整理がつかないの。もう二度と会わないつもりだったのに再会して、やり直したいって言われて、さらに期間限定とはいえ同居なんてさ」

その上、こうして職場に顔を出しては口説くような真似をされ、どうしたらいいのかわからない。

「本当に急展開よね。それも矢口くんと別れた直後に」

「うん」

「大丈夫？　あれから矢口くんに会社で会った？」

「ううん。私も今はあっちに出社する日が少ないし、向こうも担当店舗が人手不足らしくて頻繁に出向いてるから、社内にいる時間は少ないみたい」

社内恋愛、それも同じ店舗統括部に所属しているため周囲には交際の事実を隠していた。そのため、職場で気まずい空気が流れる心配はないのが不幸中の幸いだ。

「そう。ったく、矢口くんもバカよね。今度会ったら一発お見舞いしてやろうかしら」

美人な理香が凄むとかなりの迫力がある。過去にもこうして美咲の代わりに怒ってくれた彼女に感謝しつつ、首を横に振った。

「やめてあげて。いい子ぶってるわけじゃないけど、本当に私も悪かったの。彼はもっと恋人っぽい雰囲気を求めていたんだと思う」

「うーん、だからって浮気をしていいわけじゃないけど。言いたいことはわかるわ」

向かいに座る理香が怒りの表情を和らげ、小さく頷いた。

もしかしたら彼女の目から見ても、美咲と悠輔の気持ちには温度差があったのかもしれない。そう考えると、ますます悠輔に申し訳ない気がした。

「そんな顔しないの。矢口くんに未練はないのよね？」

「……うん。自分でも薄情だって呆れちゃうけど」

「薄情なわけじゃないわよ。恋愛と結婚を別に考えるのだって悪いことじゃないわ」

とても簡潔に言語化してくれた理香の言葉にハッとした。

（私、恋愛と結婚を別に考えてたんだ）

大翔と別れて以降、誰とも恋愛をしてこなかった。意識的に避けていたのもあるけれど、心が惹きつけられてやまないという相手は、過去を振り返っても大翔しかいない。

今もまた熱心に口説かれ、自分でも不思議なほどに大翔に惹かれている。ずっと眠っていた恋心が、音を立てて動き出しているのがわかるほどに。

ゴオーッと大きな音がして窓の外を見ると、近くの滑走路から飛行機が飛び立っていくところだった。

父がパイロットだったため幼い頃は空港に何度も遊びに来たが、今までは特別になにか思い入れがあるわけではなかった。

大翔や兄はあの大きな鉄の塊を飛ばしているのだと考えると、パイロットという職業の凄さを改めて感じる。

大翔は今は乗務していないけれど、あと二週間もすれば訓練が終わるらしい。国際線を多く飛んでいる機種らしく、兄のように月の半分は家を空けるようになるだろう。それを寂しいと感じる自分に驚く。

（まだ悠輔と別れて二週間しか経ってないのに、こんな気持ちになるなんて……）

注文したホイップクリームたっぷりのパンケーキが運ばれてきたため、視線を窓の外からテーブルに移す。

「そういえば、秋のシーズンメニューってもう本社で持ち上がってる？」

ナイフとフォークで器用にフルーツとパンケーキを切り分けながら、理香が尋ねてくる。

気落ちする美咲を気遣って話題を変えてくれたのだろう。何度目かの感謝を込めて心の中で拝みながら、美咲も仕事の頭に切り替える。

「ううん。でもそろそろだよね。なにかやりたい企画がある？」

「できれば、また羽田空港限定のハロウィンメニューをやりたいなって。前回好評だったでしょ」

「あ、それは私も思ってた。企画部に話してみようと考えてたところなんだけど――」

いくつか仕事についての打ち合わせをしていると、休憩時間はあっという間に過ぎていく。

食事を終えた美咲と理香は会計を済ませ、空港内を歩いて店舗に戻る。その道中、理香は「さっきの話だけど」と視線をこちらに向けた。

「罪悪感を持つ必要はないし、頭で考えすぎないで美咲がしたいようにすればいいのよ」

「私がしたいように……」

「そう。今度は嫉妬に苦しむ必要はなさそうだしね。各務さんとのこと、前向きに検討してもいいと思う」

美咲は理香の言葉を聞きながら、大翔の告白を回想する。

『もう一度好きにさせてみせる。ゆっくりでいいから、俺との未来を考えてみてほしい』

真剣に美咲を想ってくれているのが伝わってきて嬉しかった。心臓が勝手に高鳴るのを止められず、ときめきで胸がいっぱいになった。

けれど、疑問や罪悪感が心の片隅で引っかかっているのも自覚している。

あれほどの男性に口説かれたらきっと誰だってドキドキするに違いないし、美咲は失恋したばかりだ。好意を向けられる心地よさに甘え、誰かに寄りかかりたくて大翔の気持ちに同調しているだけではないのかと疑心暗鬼になってしまう。

「といっても、美咲はどうしたってぐるぐる考えすぎちゃうのよね」

こちらの心情を言い当て、理香は柔らかく笑う。

「私は美咲が決めたことを応援するから、後悔しない選択をするのよ」

「うん。ありがとう、理香」

頼りになる友人に心からお礼を伝え、再び仕事に戻った。

＊　＊　＊

大翔との同居生活はドキドキの連続で落ち着かなさそうだと思っていたけれど、想像以上に心地よかった。

当初の予定通り空いていた部屋を美咲の私室にしてくれたため、プライバシーは保たれている。朝の出勤時間がズレているから洗面所の取り合いもないし、すっぴんやパジャマ姿を晒《さら》すのも初めのうちは恥ずかしかったけれど、三日も経つ頃には慣れた。

問題は就寝時にどちらがベッドを使うかという話だったが、これについてはひと悶着あった。大翔が『ベッドを買おう』と言いだしたのだ。

さすがに長く居候するつもりはないし、ベッドまで買うなんてもったいないと主張する美咲に対し、大翔は『美咲をソファや床に寝かせて自分がベッドに寝るなんてできない』と初日同様に反論した。

『それとも、俺と同じベッドで寝る？』

大人の男性の色香をこれでもかと放出する流し目を向けられ、美咲はなにも答えられずにブンブンと首を横に振った。

確かにキングサイズでふたりで寝るにも十分な大きさがあるけれど、自分に好意を寄せている男性と同じベッドで眠るなんてできない。

『……そんな真っ赤な顔されると、煽られてる気になるな』

ため息交じりの小さな呟きは美咲の耳には届かなかったが、結局、美咲用に簡易ベッドを購入することで決着がついたのだった。

（後悔しない選択、か……）

茹《ゆ》でたブロッコリーをみじん切りしながら、先週理香から告げられた言葉を反芻《はんすう》していると、「これ、もう完成？」と大翔がボウルを指差しながら尋ねてきた。

「あ、これを入れたら完成です。味見しますか？」

「うん」

美咲は手早くブロッコリーを入れて混ぜると、完成した手作りのタルタルソースをスプーンですくって大翔の口に運ぶ。

「うまっ」

「ふふ、よかった。じゃあお肉にかけちゃいますね」

「ありがとう。じゃあ俺はサラダ仕上げようかな」

「お願いします」

大翔はかなり食事に気を遣っているようで、毎日のように自炊している。今日もふたりで並んでキッチンに立ち、チキン南蛮とナスのお味噌汁《みそしる》、ミニトマトとズッキーニのサラダを作った。

「大翔さん、本当に手際いいですね。必要に迫られて覚えただけって言ってましたけど、特技だって胸張っていいレベルですよ」

「そう？　外食よりも自分で作ったほうが量も栄養バランスも調整できるから、これも仕事のうちって感じだな」

彼は輪切りにして塩を振っておいたズッキーニを絞って水気をきると、トマトや大葉も切っていく。包丁さばきは危なげなく、様になっていてカッコいい。

「やっぱりパイロットって大変なお仕事なんですね。食事に気を遣ったり、休日もジムに行って身体を鍛えたり」

「うーん、責任はあるけど大変とは思わないかな。やりがいもあるし、単純に魅力的なんだよな」

たとえば、と大翔は続けた。

「国際線の飛行機は、乗客や荷物も合わせたら四百トン近くになる。そんな重い塊が上空一万メートルの高さを飛ぶのに、飛行機は〝最も安全な乗り物〟だって言われてる。不思議議じゃないか？」

「確かにそうですね」

「俺たち乗務員はその信頼を裏切らないために最大限努力する責任や義務があるし、安全を守るために必死に訓練を受けてきたんだ。旅行や仕事で利用する人、大切な誰かに会いに行く人、飛行機に乗るすべての人の安全を守る仕事に携わっていると思うと、どれだけ大変でもやり遂げたい」

そう語る瞳は少年のようにキラキラ輝いている。

「すごくカッコよくて素敵なお仕事ですね」

最も安全な乗り物と謳《うた》われるのは、きっとパイロットをはじめとする航空業界に関わる人たちのたゆまぬ努力の結晶に違いない。

何百人という客を乗せ、空を飛ぶ。それは大げさではなく、命を預かる仕事だ。

大翔は『大変とは思わない』と言うが、神経を張り詰めて業務にあたっているのだから疲労も溜まるだろう。だからこそ、美咲は大翔を労《ねぎら》いたいと感じた。

自身の仕事に責任と誇りを持って節制している姿は尊敬できるし、なにより本当にカッコいい。そんな彼と一緒にキッチンに立って料理をする時間は、少しくすぐったいけれどとても楽しい時間だ。

乗務勤務が始まれば、こんな機会は減るだろう。それでも、彼を労うために美咲ひとりで料理を作る時間だって、きっと愛おしく感じるに違いない。

「私、大翔さんの乗務の日は、今日も無事に帰ってきてくれてありがとうって気持ちを込めて、おいしいご飯を作って待ってますね」

そう口にした瞬間、隣で料理をしていた大翔がガシャンと皿を滑り落とした。

「大翔さん、大丈夫ですか？　お皿割れてない？」

「美咲。それ、どういう意味で言ってる？」

「わっ……」

彼はずいっと距離を縮め、美咲の顔を覗き込んでくる。

ドキドキと心臓が高鳴り、なにも考えられないまま数秒間見つめ合う。熱っぽい眼差しを向けられ、その黒い瞳に吸い込まれそうだった。

「ずっとここにいて、俺の帰りを待っててくれるって自惚れていいの？」

「え？　……あっ！」

美咲は自分の発言を思い出し、茹でダコのように顔を真っ赤に染めた。

「ごっ、ごめんなさい。やだ、私、なにを……」

今の生活は、ひとり暮らしの部屋が見つかるまでの仮住まい。新しい部屋が決まれば出ていく約束だ。それなのに料理を作って帰りを待っていたいだなんて、恋人気取りな発言をしてしまった。

（どうしよう、恥ずかしい……）

けれど、もしかしたらそれが心の奥底にある自分の本心なのかもしれない。そう思うと余計に顔が上げられなくなる。

まだ彼の想いを受け入れる覚悟もできていないのに、こうしてそばにいると彼にときめくのを止められない。

図らずも期待させるような発言をしてしまった罪悪感と羞恥心でなにも言えずに俯くと、大翔がふっと小さく息を吐いた気配がした。

「ごめん、今のはちょっと調子に乗った」

優しい声音に顔を上げると、大翔の瞳に先ほどまでの熱っぽさはない。

きっと大翔は見抜いているのだ、まだ美咲が自分の気持ちに答えを出せていないことに。一歩踏み出せずにいることに。

「大丈夫、皿も割れてない。次は美咲の話を聞かせて」

料理を再開した彼は、強引に聞き出そうとはせずに話題を終わらせてくれる。その気遣いに心の奥がぎゅっと締めつけられた。

「私、ですか？」

「そう。どうして今の仕事を選んだんだ？」

美咲は学生の頃に知ったカランドの社訓を脳裏に浮かべた。

「そうですね、バイトしていたお店っていうのもあったんですけど、うちの会社の掲げる理念に惹かれたんです」

「理念？」

「はい。おいしい料理はもちろん、友人や家族と楽しく食事をする場所や時間を提供するっていう考え方です。子供の頃、家族で外食するってすごく特別感があったんですよね。別に高級なお店じゃなくても、いつもと少し違った場所で食べるだけでも嬉しくて、そういう場所を提供する仕事って素敵だなって」

働く大翔を見ていたいがためにカランドでバイトを始めただけだったが、その理念に触れ、いつしかカランドというカフェが好きになった。就職活動を始めるにあたり、真っ先に浮かんだのがカランドだったのだ。

「記念日だけじゃなくて、普段の食事も楽しい思い出に残るお店に携われたらいいな……なんて」

「家族思いの美咲らしい理由だな」

「そうですか？　大翔さんたちパイロットに比べちゃうと平凡で恥ずかしいんですけど」

つい大翔につられて仕事についての理想を語ってしまい、照れくささに肩を竦めた。それをごまかすため、出来上がった料理をそそくさとテーブルに運ぶ。

「平凡なんかじゃないよ。気軽に立ち寄れて何度でも通いたくなる居心地のいい店を作るなんて、俺にはなんのアイデアも浮かばない。誰にでもできる仕事じゃないよ」

大翔が美咲を見て、柔らかく微笑む。

本心からそう言ってくれているのが伝わってきて、恥ずかしさ以上に嬉しさが勝って頬が緩んだ。

「ありがとうございます」

無意識に上目遣いで笑顔を向けると、目の前の大翔がグッと喉を鳴らした。

「大翔さん？」

「いや、なんでもないよ。食べようか」

「はい。いただきます」

「いただきます」

彼の向かいに座り、ふたりで手を合わせる。

「タルタルソースまで手作りできるなんて、美咲こそ料理上手だな。今までは市販のものを買ってたよ」

「レシピ自体は簡単ですしいろいろ野菜も入れられるので、サラダみたいに具だくさんにして食べるのが好きなんです」

「ピクルスと玉ねぎのイメージはあったけど、ブロッコリーを入れるのはビックリした。すごくおいしい」

お世辞ではないようで、大翔は美咲特製のチキン南蛮を大きな口で頬張っている。

その光景を見て、心が温かくなるのを感じた。

美咲が憧れだと話した食器に、ふたりで作った料理を盛りつける。カラフルな食卓を囲み、その日あった出来事を話す。まるで美咲が理想とする〝家族だんらん〟そのもので、温かく幸せに満ちた空間だ。

だからこそ、この生活が続いてくれたらいいのにと考えている自分がいる。

ここで彼と暮らすのは、ひとり暮らしの新居が決まるまで。そう決めているはずなのに、あまりの居心地のよさにそれを忘れてしまいそうだった。

実際問題、部屋探しは難航している。大翔の部屋に居候をし始め三週間近く経ったけれど、いまだに候補すら絞れていない。

その理由のひとつは、時期の悪さにあった。

五月の二週目といえば世間では新年度が始まり一ヶ月が経過したところで、移動や転勤、入学など人の動きが少ない。そのため空いている物件も少なく、なかなか条件に合うところを見つけられないでいるのだ。

「そうだ。次の休みに行きたい所、思いついた?」

「いえ……。でも大翔さんも疲れてるんだから、出かけないで休んだほうが」

「疲れてるからこそ、美咲とデートして癒やされたいんだよ」

ふたつ目の理由はこれだ。

仕事終わりに不動産屋に出向くのは時間的に難しく、相談したり内見したりするのなら休日しかない。けれど大翔と休みが合うたび、こうしてデートに誘われるのだ。

『この前、いろいろ買ってもらってばかりで心苦しいって言ってただろ？　そのお返しとでも思って付き合ってよ』

本来ならば丁重に断って不動産屋に予約を入れるべきだとわかっているのに、実際あれこれお世話になっている身としては断れない。

大翔本人も強引な口実をつけて誘っている自覚があるのか、『本当に嫌なら引き下がる』などと眉を下げるので、結局前回の休みは頷いてしまった。

あんなにも自立した女性になろうと張り詰め、別れてからはいっさいの連絡を断っていたのに、再会した途端にこうして距離が縮まっている現状に自分でも呆れている。

「ごめんなさい。次の休みは、ちょっと……」

一緒に暮らしていると楽しいし、このまま流されてしまいたいと思っている自分がいる。けれど大翔から好意を寄せられる心地よさに溺れ、彼の気持ちに応えられるかどうかもわからないまま甘えている現状は絶対によくない。

美咲がやんわり断ると、箸を止めた大翔が探るように目を細めた。

「……なにか予定が？」

そう尋ねる声がワントーン低い。

多くない休みを美咲のために使おうとしてくれているのに断ってしまったため、不機嫌にさせただろうか。

「不動産屋さんに行ってみようと思ってるんです。ネットで探しても見つからないので、実際に店舗で相談しながら探そうかなって。この時期なら予約も取りやすいみたいなので」

申し訳なくて小声になった美咲が説明すると、彼が深いため息をついた。

「なんだ、てっきり……あいつの家に行くのかと」

「え？」

珍しくボソボソと話す大翔の声が聞き取りづらくて聞き返すと、彼は先ほどと打って変わって笑顔で答えた。

「いや、なんでもない。不動産屋に行くのなら一緒に行こう」

「いえ、そんなのに付き合わせるわけには」

「美咲は自分で物件を選ぶのは初めてだろ？　チェックするポイントを見落としていたら大変だ。それに不動産屋は今閑散期だろうし、是が非でも契約を取りたくてグイグイ押してくるかもしれない。そうなった時、ちゃんと断れるか？」

「う……」

そう言われると自信がない。

内見でどこを見ておくべきか、なにが必要なのかもわからず、まずはそこからネットで調べようとしているくらいだ。

「悪徳不動産に騙《だま》されたりしたら、篤志が怒り狂うぞ」

「こ、怖いこと言わないでください」

静かに怒る兄を容易に想像できるから恐ろしい。

「だから俺と一緒に行こう」

「……本当に、いいんですか？」

「俺としては、ずっとうちにいてくれるのがベストだけど。このカラフルな食卓で、美咲と話をしながら食事をする時間が幸せなんだ」

本当はそうしたいのだと、美咲の心の中を読まれたのかと思った。

心臓が大きく跳ね、鼓動が全速力でリズムを刻んでいる。

大翔のように優しくて、家事も料理もできて、仕事にも誇りを持って取り組む完璧な男性と一緒に生活して、惹かれない女性がいるだろうか。

思わず熱くなった頬を隠すように俯くと、大翔が「ごめん」と呟いた。

「困らせるつもりはないんだ、つい願望が口から出ただけ。ちゃんといい物件が見つかるように手伝うよ。あとで条件を洗い出そう」

フォローするような彼の言葉に、ちくりと胸が痛む。

早くここを出ていかなくてはと考えているくせに、その手伝いをすると言われると寂しく感じるなんて矛盾している。

（なにを残念がってるの。少しの間お世話になるだけって決めたでしょ）

美咲は自分勝手な思考に内心で喝を入れ、大翔にお礼を告げて食事を再開した。

＊　＊　＊

羽田空港店のヘルプ要員としてシフトに入ってはいるものの、エリアマネージャーとしての仕事がないわけではない。

ゴールデンウィークから二週間以上が経ち、空港にも多少落ち着きが戻ってきた。

美咲は既存のメンバーで店が回る日は本社に出社し、通常業務をこなしている。

先日の休みには約束通り大翔とふたりで不動産屋に行ったが、ひとり暮らしの物件を見つけるには至らなかった。

悪くない条件の部屋がいくつかあったのに、すべて彼にダメ出しをされてしまったのだ。

『ここはセキュリティが甘すぎるし、この方角だと日当たりが悪い。こっちは駅から遠いから帰宅が遅くなった時に危なすぎる。ここは立地も悪くないし築浅だけど狭すぎる。キッチンが独立してないし、住みにくいんじゃないかな』

少し見る目が厳しすぎるのではと感じたものの、美咲のために言ってくれているのだとわかるため無下にはできない。

（それに、お兄ちゃんも同じ意見な気がする……）

保証人は篤志に頼むつもりでいるため、彼のお眼鏡にかなう物件でない限りサインをもらうのは難しいだろう。

そのため、今も大翔との同居生活が続いている。休みのたびに不動産屋へ通い、条件に合う物件に出会えるのを待つしかないのかもしれないと思うと、ついため息が漏れた。きっとその間にも、大翔との生活の快適さに溺れていってしまうだろう。

自分自身の気持ちに整理がついていないのに、彼に甘えていいはずがない。そう自分を律しているけれど、美咲はグラグラと揺れる心に悩まされていた。

土曜日の今日は滞っていた仕事を少しでも進めるため、朝から休日出勤をしていた。溜まっていたメールの返信や、各店舗から上がってきた売り上げの確認、採用したアルバイトの研修スケジュールのチェックなど、やるべき業務は山のようにある。

それらをきりのいいところまで終えて、電車で帰宅する。最寄り駅に降り立つと、改札前の大きな柱に寄りかかり手もとのスマホを見ている大翔の姿があった。

白いTシャツに薄地の紺色のジャケット、黒い細身のアンクルパンツというシンプルな出で立ちながら、まるでファッション誌の表紙のように様になっている。

品川駅に程近いこの駅も商業施設が立ち並んでおり、土曜の午後八時過ぎとあって人が多い。これだけの人混みの中でも簡単に見つけられるほど、大翔は圧倒的なオーラを放っている。

昔付き合っている時も、同じように感じたことがあった。

デートのたびにこうして駅で待ち合わせをすると、どれだけ早めに着くように目的地へ行っても大翔が先に来ていた。

彼は昔から人目を惹く容姿をしているため、周囲の、とりわけ女性からの視線を一身に集めていて、中には声をかけている人の姿もあった。

『ごめん。約束してるって言ったんだけど、なかなか引いてくれなくて』

『ううん、大丈夫です』

綺麗な女性たちに囲まれる大翔を見ては徐々に自信をなくしていたのに、それを正直に伝えることもできなかった以前の自分を思い出した。

今は少し違う。

行き交う人々がみな大翔を意識しているけれど、近寄りがたい雰囲気があるのか、気軽に話しかけている人はいない。

美咲が改札を抜けて彼のもとに歩みを進めたところで、大翔が視線を上げる。そしてすぐに美咲を見つけると、人を寄せつけない雰囲気がふっと緩み、柔らかくとろけるような笑顔を向けてきた。

その表情に、きゅっと胸が締めつけられる。

「おかえり、美咲」

「ただいま、です」

今日は休みだったのではと尋ねると、「だから迎えに来てみた」と彼はいたずらっぽく笑った。

「といっても、徒歩五分だけど。夕食もできてるから、まっすぐ帰ろう」

「ありがとうございます。てっきり明日に備えて休んでるんだと……福岡《ふくおか》便の往復でしたよね？」

「うん。十分休養は取ったよ」

大翔は新型の主力機を操縦するための型式移行訓練を終え、明日からいよいよ乗務開始となる。以前彼も言っていた通り、パイロットは身体が資本だ。自分のためにあまり無理をしてほしくない。

そう伝えると、大翔は「無理はしてないよ」と首を横に振った。

「明日から乗務が始まるからこそ、少しでも美咲との時間を無駄にしたくない。もう後悔しないように、俺にできることは全部したいんだ」

身勝手に別れを告げたのは美咲のほうで、大翔にはなんの非もなかった。付き合っている時はとても大事にしてもらったし、なにか不誠実な真似をしたわけでもない。美咲が子供だったせいで過去に嫉妬し、不安に感じていたと素直に打ち明けられなかったのが原因なのだ。

「大翔さんが後悔することなんて、なにもないんです」

ものすごく今さらなのはわかっているけれど、それを彼に伝えてもいいだろうか。伝えたからといって、非常識な別れ方をしたのがチャラになるとは思っていない。それでも過去の自分がなにを考えて、なにに悩んでいたのか、彼に知ってほしくなった。

「美咲？」

「あの……少しだけ話を聞いてもらってもいいですか？」

　意を決して尋ねる。美咲の真剣な表情を受け止めた大翔は、目を細めて「もちろん」と頷いてくれた。

　帰宅して食事を終えたあと、美咲は大翔と並んでリビングのソファに座り、当時を思い出しながらゆっくり口を開く。

「私、大翔さんが初めての恋人だったので、すごく舞い上がってたんです。毎日楽しくて、幸せで、日に日に好きだって気持ちが積もっていきました。でも付き合っていくうちに周囲からの視線が気になり始めて、大人な大翔さんと子供っぽい私じゃ全然釣り合ってないいって気づかされたんです」

　それから、美咲は少し迷ってから佐奈の名前を出した。

「バイトを始めて少し経った頃、北見佐奈さんから声をかけられて」

「……北見から？」

「以前大翔さんとお付き合いしていたと聞いて……ショックだったんです。こんなに綺麗で優秀な人と付き合っていたなら、私なんて物足りないだろうなって。大翔さんが私を大切にしてくれるたびに、彼女にも同じようにしてたんだろうなって考えたら苦しくて……」

大翔は反射的に否定しようとしたが、最後まで聞こうと思ったのか言葉をのみ込んだ。美咲はそれを横目に話を続ける。

「大翔さんは同僚以上の感情はないってきっぱり言ってくれたので、大丈夫だって自分を納得させようとしました。でも……」

「でも？」

あの頃の話をしていると、当時の感情がぶり返してきた。言葉が詰まり、美咲の瞳が涙で濡れていく。

『あの人、やっぱりロングヘアの子が好みなのね。お風呂上がり、髪を乾かしたがらない？』

大翔が美咲の髪に触れるたびに佐奈の言葉がよぎり、すぐに髪を切った。それ以来、美咲は一度もロングヘアにしていない。

それ以外にもふたりが付き合っていた頃を想像させるような発言を聞かされ、過去とわかっていても苦しかった。幼い恋愛初心者の美咲には、生々しい過去の恋愛話を受け止めきれなかった。

そう伝えると、大翔は絶句して美咲の髪に視線を送った。

「仲がよさそうに話している姿を見ては苦しかった。大翔さんを信じたいのに、一度は付き合っていた相手だし、また気持ちが戻ってしまうんじゃないかって考える自分が情けなかった。大翔さんが大好きだったからこそ、ふたりが夜中に電話でやりとりをしてたり、私には話してくれなかった悩みを彼女に相談したりしてるっていうのを耳にして、不安で仕方なくて……」

大翔が怪訝な表情になるが、過去を思い返しながら必死に話す美咲は気づかない。

「北見さんに言われたんです。仕事の邪魔をしないで、恋愛ごっこを楽しんだならもう大翔さんを解放してあげてって。彼にふさわしいのは、同じ志や悩みを共有できる人間だと聞いて、私……」

「美咲」

ついにぽろりと涙が頬を伝った瞬間、ぐっと引き寄せられる。痛いくらいの力で抱きしめられ、美咲は驚きに固まった。

「ごめん、美咲」

大翔の悔恨が滲む声が震えている。

「本当にごめん。こんなにも不安にさせてたなんて、どうして当時の俺は気づけなかったんだ……」

「大翔さんのせいじゃありません。私が勝手に不安になって、勝手に自爆したんです。

過去の恋人に嫉妬してるなんて子供っぽいって思われちゃうって考えて、大丈夫なふりをしてたから」

「……まさか、北見が美咲に接触していたなんて」

大翔の口から佐奈の名前が出ると、今でも胸がチクンと痛む。

「嫌な気持ちにさせて悪かった。でも誓って彼女に特別な気持ちは抱いてなかった。夜中の電話とか悩みの相談って、いったいなんの話だ」

後悔と同じくらい困惑の色が見える。大翔にとっては些細《ささい》なことで、もしかしたら覚えていないのかもしれない。

佐奈からバックヤードで聞かされた話や、友人を伴ってカランドに来ては大翔との仲のよさを吹聴していた内容を伝えると、彼の瞳がスッと冷たく細められる。

「そんな事実はない」

「え？　でも私の誕生日に北見さんと家で会う約束してましたよね」

「……は？」

聞いたことのないような低音に、美咲の身体がビクッと竦む。

「まさか。そんなわけないだろ。誰にそんな話を」

「えっ、と……」

「それも、彼女が？」

スタッフとして働く美咲に聞こえるように、店内で喜々として話していた。美咲がおずおずと頷くと、大翔が大きくため息をつく。

「誕生日のデートをキャンセルして他の女と会うつもりだと思っていたのなら、別れたくもなるよな」

「……違うんですか？　てっきりお見舞いに行く約束をしてるんだと」

「見舞い？」

「あの日、大翔さんが風邪を引いていたっていうのも彼女から聞きました。私が子供で頼りなかったから、そういう弱音も吐けなかったんですよね」

「違う！」

強い口調で否定され、目をまたたく。

きょとんとする美咲に、大翔はバツが悪そうに視線を逸らした。

「もともと体調を崩してたんだけど、あの日急に高熱が出たんだ。さすがに訓練に響くし悪化させるわけにはいかなくて、苦渋の決断で美咲に予定を変更させてほしいと連絡した」

「そんなの、私にはひと言も……」

「美咲と一緒だよ。カッコ悪いと思われたくなかった。四つも年上で、俺がリードしなくちゃって背伸びしてたんだ。厳しい訓練にへばって体調を崩したなんて、絶対に言いたくなかった」

そんな話をバックヤードで男性の同僚としていたらしい。佐奈はそれを近くで聞いていて、美咲を揺さぶるつもりで嫌みをぶつけたのだろう。

あの頃の美咲にとって、大翔はすでに完璧な大人の男性だった。けれど今改めて考えてみれば、当時の彼は入社したばかりの二十三歳。なにもかもスマートにこなせるかといえば、きっとそうじゃなかったはずだ。

「ごめん、俺が変な見栄を張ったせいだ。でもこれでわかったよ。美咲が俺を信じられないと離れていった理由が」

大翔が真剣な眼差しで美咲を見つめる。

「俺と過去に付き合っていた女性が同じ職場にいるだけじゃなく、今も親しくしてるんじゃないかって疑ってたんだよな」

「ごめんなさい、私……」

「違う、美咲を責めてるわけじゃない。悪いのは根も葉もない嘘を美咲に聞かせた北見だし、それに気づいてやれなかった俺だ」

怒りを抑えきれないといった様子で、大翔がぐっとこぶしを握る。

「……北見さんは、別れてからもずっと大翔さんを好きだったんですよね」

「さぁ。もともと三ヶ月くらいの浅い付き合いだったし、それも彼女の浮気で終わった関係だ」

「えっ？」

「言い訳のように聞こえるかもしれないけど、美咲に対する感情とはまるで違った。俺はずっと恋愛に対してドライだったし、彼女もそれを不満に感じていたから他の男に乗り換えたんだろう」

大翔は美咲の手をぎゅっと握ると、「アメリカでの訓練中に、よりを戻したいと迫られた」と淡々と告げた。

偉大なパイロットの父と比べられる重圧に潰れそうだと何度も相談を受けており、大翔に支えてほしいと泣いてすがられたらしい。

「当然断った。そんな重圧にひとりで打ち勝てないのならパイロットになるべきではないし、俺の恋人は美咲しか考えられなかったから」

「それで、北見さんは？」

「アルコール検査に引っかかって訓練を離脱して、会社も辞めた。優秀ではあったけど、多くの人の命を預かるパイロットとしての素質はなかったんだ。無責任な人間に飛ぶ資格はない」

「そう、だったんですか」

言葉が見つからず、美咲はただその話をのみ込むように頷いた。

「たくさん不安にさせて、本当に悪かった」

「私も、一方的に関係を断ってしまってごめんなさい」

「美咲」

大翔が握っていた手をすくい上げ、その甲にそっと唇を寄せた。

「話してくれてありがとう」

突然の行動に、美咲はひゅっと息をのむ。

八年も前の不満を今さらながら打ち明けて、お礼を言われるとは思っていなかった。

「乗務が始まれば月の半分は家にいられないし、この歳で出戻ってきたパイロットもそうそういないから、なにかと注目されて俺の噂話を聞くことがあるかもしれない。それでも俺は絶対に美咲を裏切らないし、二度と不安にさせないと約束する」

大翔は自身の置かれた状況を正直に伝えながら、同じ轍《てつ》は踏まないと断言してみせた。

真剣な眼差しで見つめられ、美咲は胸が高鳴るのを抑えられない。

「どうして、そこまで言ってくれるんですか？」

「美咲が好きだから」

とてもシンプルな答えだった。

好きだから一緒にいたい。諦めたくない。ただそれだけだと。

それを嬉しいと思っているのは、大翔にも伝わっているのかもしれない。彼は握っている手に力を込めて、ダメ押しのように告げた。

「信じてもらえるように努力する。そして、必ずもう一度君を手に入れる」

包み込む大きな手の温かさと、何度も根気よく伝えてくれる気持ちのこもった言葉が、じんわりと胸に染み込んでいく。

きっとすでに自分の心は目の前の彼にとらわれている。美咲はそう感じていた。

4. 後悔と決意《大翔 Side》

再転職後の乗務初日。

機内で機長やCAを交えた全スタッフでのブリーフィングを済ませ、コックピットに戻って管制官や機長と離陸に向けての確認作業に取りかかる。

「よし。各務くんのほうは大丈夫かな」

「はい、問題ありません」

ひとつひとつの確認事項を機長と共に念入りに終えると、ヘッドセットをつけてグランド管制との交信を始める。

「Tokyo Ground,Sakura Air324,Spot 8 Request Pushback.」(東京グランド、こちらサクラ航空324便です。スポット8番からのプッシュバックをリクエストします)

『Sakura Air324,Tokyo Ground,Pushback RWY 16.』(サクラ航空324便、東京グランドです。滑走路16番に向けてプッシュバックを許可します)

「Pushback RWY 16,Sakura Air324.」(滑走路16番へのプッシュバックの許可、了解しました)

プッシュバックとは飛行機が自走できる位置まで下げる作業を指す。飛行機はバックができないため、トーイングカーと呼ばれる牽引車で滑走路まで押し出してもらい、その間にパイロットはエンジンを始動させておくのだ。

その後、地上滑走の許可をもらい、いよいよ離陸が近づいてくると管制タワーへと交信が引き継がれる。

『Sakura Air324,Wind 050 at 3knots,Runway 16 cleared for take off.』（サクラ航空324便、風向き50度、風速3ノット、滑走路16番の離陸を許可します）

管制タワーから離陸の許可をくれたのは、若い女性の声だった。まるでアニメのヒロインのような可愛らしい声だが、凛《りん》とした話し方はとても聞き取りやすい。

「Runway 16 cleared for take off.Sakura Air324.」（滑走路16番より離陸します）

久しぶりの乗務にピリッとした緊張が走る。

今日一緒に飛ぶ長嶋《ながしま》機長は、転職前に一度組んだことがある。キリッとした目もとが印象的だが、笑うと目尻に皺ができ、彼の人柄のよさを表している。肌艶や引き締まった長身の体躯は、とても五十代とは思えないほど若々しい。尊敬できるベテランパイロットだ。

往路は長嶋が操縦桿《かん》を握るPF（Pilot Flying）を担い、大翔が計器類の監視や管制塔との交信を行うＰＭ（Pilot Monitoring）を担当する。復路はこれを交代する予定だ。

大きな音を立てて機体が加速していき、規定の速度に到達したところで大翔が「ローテート」とコールすると、長嶋がそれに応えて機首を上げる。

ふわりと地面から浮き上がり、機体が上昇していることを確認した上でギアアップ、交信をタワーからディパーチャーへと引き継ぎ、ゆっくりと右に旋回しながら航空路へと上昇していく。

『Sakura Air324,Contact Departure.Good day!』（ディパーチャーと交信してください。いい一日を！）

ふたりで息を合わせ、大きな機体を安全に目的地まで飛ばす。何度経験しても緊張するし、多くの人の命を預かっているのだと背筋が伸びた。

「どうですか？　久しぶりの乗務は」

「もう少し緊張して硬くなるかと思いましたが、落ち着いています。長嶋キャプテンからいろいろ学びたいので、よろしくお願いします」

「こちらこそ。頼もしい相棒で嬉しいですよ」

誰に対しても丁寧な言葉遣いの長嶋が大きく頷いた。彼は大翔が目指すＭＦＦパイロットでもある。

「それにしても、今日のCAたちの気合いの入りようはすごかったですね。各務くんが帰ってきたんだなと実感しましたよ」

くすりと笑われ、大翔は肩を竦める。謙遜しようにも、CAやグランドスタッフの女性から熱い視線を浴びている自覚はあった。

「俺には、昔から心に決めた人がいますから」

そう言うと、長嶋がこちらに視線を向ける。

「ほう。それは興味深いですね。以前、北見キャプテンの娘さんと噂が立っていましたが」

「いえ。彼女とは単なる同期でした」

正直、佐奈のことは思い出したくもない。無責任な退職に失望したのはもちろん、昨夜、美咲の話を聞き、嫌悪感は何倍にも膨れ上がった。

「おっと、それは失礼しました。では、足繁く通っているというカフェの彼女ですか？」

「……キャプテンは意外と噂話がお好きなんですね」

「いやいや、こういうのは勝手に耳に入ってくるものですよ」

くっくっと笑う長嶋は存外お茶目な性格をしているようだ。そんな彼を横目に、大翔はカフェで働く美咲の姿を脳裏に描く。

店舗全体を見回し、困っているスタッフがいればすかさず助けに入る。誰にでも常に笑顔で対応し、立ち姿は凛としていて美しかった。

店舗の従業員にも慕われているようで、地道に努力し、エリアマネージャーとして地位を確立してきた自信が垣間見える。

そんな美咲を少しでも見たくて、出社した日はカランドに足が向いてしまうのだ。

『必ず、もう一度君を手に入れる』

昨夜、手を握りしめたままそう宣言すると、彼女は赤く染まった頬を隠すように立ち上がった。

『あっ、もうこんな時間。大翔さん、お風呂お先にどうぞ』

あからさまに動揺している様子は可愛らしく、どうしても期待に胸が騒ぐ。カフェで会話した際にも感じたが、あの素直で純粋なリアクションがどうしようもなく可愛いのだ。

「そんな表情は初めて見ましたよ。孤高のパイロットと呼ばれる各務くんがそんなに入れ込むなんて」

「そんな呼び名まで……やめてください」

仕事のことばかり考えていて、食事や飲み会に誘われても断ってばかりいたせいか、どうやらそうした呼び名がついていたらしい。

影でなにを言われても気にならないが、尊敬するキャプテンの耳にまで届いているとなると、すぐにでも妙な呼び方をやめさせたい気持ちになる。

「とても素敵なお嬢さんなんでしょうね」

「そうですね。でも一度失敗して、手を離してしまって……」

昨夜聞いたばかりの話は、罪悪感や自身に対するふがいなさを痛感するにあまりある。

『大翔さんが大好きだったからこそ、ふたりが夜中に電話でやりとりをしてたり、私には話してくれなかった悩みを彼女に相談したりしてるっていうのを耳にして、不安で仕方なくて……』

話しているうちに、あの頃の感情が蘇ってきたのだろう。美咲の瞳は涙に濡れていた。

当時の美咲は十九歳。まだ大学生で、あどけなさが残る女の子だった。彼女は親友である篤志の妹で、彼から幾度となく話を聞いていた。

普段クールな篤志が、妹のことになると表情を和らげる。そのため、会う前から少し興味を抱いていた。

そして実際に会ってみると、篤志の気持ちがよくわかった。美咲は真面目で、素直で、無邪気な笑顔がとても可愛らしい。きっと大切に愛されて育ったのだろう。

顔を合わせるたびに彼女が気になり、いつしか自分にも甘えてほしいという思いが募り、美咲が高校を卒業するのを待って告白した。

彼女にとって自分が初めての恋人だと知り、柄にもなく舞い上がったものだ。四つも年上なのだから幻滅されないようにしっかりとリードしなくてはと、無駄に張りきっていた。

けれど美咲を知れば知るほど、のめり込んでいくのは自分のほう。特に、少しでも顔が見られたら嬉しいという理由で大翔の勤める空港でバイトを始めたと聞いた時は、あまりの愛らしさに目眩がしたほどだ。

(あの時の笑顔をずっと守りたかったのに)

そんな彼女に根も葉もない嘘を吹聴し、自分との関係を匂わせ、不安の種を植えつけていたのは、過去に大翔と交際していた北見佐奈だった。

佐奈とは同じ航空会社を志す同志として話す機会が増え、告白されて交際に発展した。過去の恋人と同様、自分から好きになったわけではない。それでも誠実に付き合うつもりだった。

しかし、付き合い始めてすぐに合わないと感じた。優秀で知見のある彼女と話すのは楽しかったが、優秀だからこそなのか驕《おご》った部分があり、一緒にいる時間が長くなるほど他人を見下すような言動が目についた。

価値観の相違から些細な言い合いが増え、佐奈が浮気に走り、結局三ヶ月ほどで破局した。

『北見佐奈さんって、大翔さんと付き合ってたんですよね……？』

美咲が不安げな顔で聞いてきた時、なぜ知っているのかと驚いた。今思えば、それを問うことをしなかったのが痛恨の極みだ。

佐奈とは最低限の関わりしか持たないようにしていたし、大翔の気持ちは美咲にしか向いていない。だからこそ『仕事で話しているだけだ』という簡潔な説明しかしなかった。当時のふがいない自分を殴りつけたい気分だ。

美咲の『大丈夫』という不安を押し隠した笑顔に気づかず、大切にしているつもりになっていたなんて……。

そして、別れは突然やってきた。

大翔の好きだった無邪気な笑顔は鳴りをひそめ、不安と悲しみでいっぱいの張り詰めた表情。ただ自分が悪いのだと頭を下げ、それでも大翔にはなにも言わせないまま去っていく華奢な背中。あの日の衝撃は今でも忘れられない。

自分でも情けないが、当時は美咲を大切にできていると考えていたため、彼女が大翔を信じられないという理由がまったくわからなかった。消化しきれないまま訓練のためにアメリカへ発たざるを得ず、その後いっさいの連絡が途絶えた。

一年後、帰国してすぐに連絡を取ろうとしたが着信拒否されており、バイトも辞めていた。

篤志に連絡を取ったものの、『美咲が望まない限り会わせるわけにはいかない』と妹思いの彼らしい鉄壁のガードに阻まれる。そして彼女が通う大学に足を運んでみると、あの無邪気な笑顔を別の男に向けている姿を目の当たりにしただけに終わった。

拒絶されている。そう思い知り、この八年は失恋を忘れるように仕事に打ち込んだのだった。

「そのわりに、悲壮感はありませんね」

長嶋は操縦桿を握ったまま大翔を横目で見やる。その視線にからかいの色が混じっているのに気づいていたが、大翔は真面目な顔で頷いた。

「長い間燻《くすぶ》ってましたから。ようやく会えたんです、もう引く気はありません」

半年前にサクラ航空に戻ってからは、篤志との交流も復活した。

美咲が結婚前提の同棲を始めたと知った時は言いようのない嫉妬を覚えたが、彼女が幸せに暮らしているのなら口を挟む権利はない。

そう自分を納得させていた矢先、あの雨の中で彼女を見つけたのだ。恋人に裏切られて傷ついている美咲の涙を目の当たりにして、黙って手をこまねいていられるわけがない。しかし……。

(今になって、ようやく当時の美咲の気持ちがわかるな)

いくら気持ちが残っていないとはいえ、過去に交際していた相手が目の前にいれば嫉妬心が芽生える。

それは先日、美咲の元交際相手の男と対面し、痛いほどわかった。

彼女と結婚を前提に付き合っておきながら同棲している家に女性を招き入れ、強引に誘われて断りきれず流されたらしい。

同じ男としてあり得ないし、そんな男が一年もの間美咲に愛されていたのかと、腸《はらわた》が煮えくり返る。

どす黒い嫉妬心が胸に渦巻き、彼女のすべてを奪い去ってしまいたい焦燥に駆られた。

けれど、もう美咲を悲しませたくない。ただ笑顔でいてほしい。自分の持てるすべてで幸せにしたい。

そんなふうに思える相手は、彼女以外にいない。

(諦めろというほうが無理だ)

別れてからも美咲を忘れたことはない。女性からの数々の誘いもすべて断ってきた。禁欲的に過ごしてきた大翔を知った篤志は、いつだったか『美咲もバカだな。こんないい男を逃すなんて』と呆れたように笑っていた。

だからだろうか。今回の同居についてアシストしてくれたのは。

(恋人ができたというのは、十中八九嘘だろうな)

両親を亡くしたあと、実家を処分したと聞いている。税金や管理の煩雑さなどさまざまなリスクを考えての措置で、美咲も承知しているという。だからこそ、なにかあった時に彼女が駆け込める場所を、過保護で心配性な篤人がなくすはずがない。

(二度目はない、か。デカい借りができたな)

美咲が付き合っていた当時になにを悩んでいたのか、ようやく知ることができた。だから同じ轍は踏まないし、篤志に釘を刺されるまでもなく二度と美咲を悲しませるつもりはない。

偶然再会して一緒に過ごす中で、大人になった美咲の魅力に改めて惹かれたのだ。どれだけみっともなくても、親友から『必死だな』と笑われようと、美咲を手に入れるためならばなんだってする。なんとしても彼女の気持ちを取り戻したい。

「若いというのはいいですねぇ。無事に福岡の往復を終えたら、一緒にコーヒーを飲みに行きましょうか」

長嶋が目尻の皺を深め、大翔に誘いかける。

どこへ、とは聞くまでもないだろう。

「キャプテン、面白がってますよね？」

「まさか。各務くんが言ったんでしょう？　僕らからいろいろ学びたいと。MFFの件について、乗務終わりでよければカフェでゆっくりお話ししますよ」

長嶋は卓越した操縦技術や、サクラ航空に現在五人しかいないMFFパイロットであるのはもちろん、こうしてコミュニケーションを疎かにしない点で若手のパイロットからの人望を集めている。彼から学びたいことは山のようにあった。

「……お供させていただきます」

「楽しみですね」

大翔がベテランのキャプテンを伴ってカランドへ行ったら、美咲はどんな反応をするだろうか。

ましてや長嶋が『あなたが各務くんの想い人ですか』なんて店内で言いだした日には、頬を真っ赤に染めてこちらをじろりと睨んでくるに違いない。その表情を想像するだけで愛おしさが胸に積もる。

「さぁ、ではＰＡをお願いします」

「はい」

大翔はヘッドセットを外すと、気を引き締め直して機内アナウンスをするためにマイクを手に取った。

5．再び繋がる想い

「えー、いいなぁ。先週のシカゴ便、各務さんのフライトだったの？」

業務を終えたＣＡと思われる女性客の話し声が、美咲の耳に飛び込んできた。

「ええ。久しぶりに一緒になったけど凛々しさが増してたわ。海外のエアラインを経験してきた風格っていうのかな？　機長昇格もすぐね、きっと」

「それでまだ独身なんだから、みんな必死にもなるよねぇ」

美咲が羽田空港店のヘルプに入るようになって一ヶ月あまり。

大翔が乗務を始めてからは、こうした噂話を至る所で耳にするようになった。

ますますカッコよくなって戻ってきたと喜ぶ声と、この半年ですでに何人もの女性が彼に告白して振られているという驚きの声。さらには心に決めた人がいるらしいという話まで飛び交っている。

　八年前にここで大翔を見つめていた頃は、彼はまだパイロット訓練前の地上勤務で、グランドスタッフとして働いていた。その時も多くの人の目を惹いていたが、今はその比ではない。

優秀なパイロットとしても、大人の魅力あふれる男性としても、大翔はどこにいても注目の的だ。それゆえ広報から会社の公式アカウントの動画に出演してほしいと依頼が来ているが、頑なに断っているのだと本人が言っていた。

「そういえば、今日の上海《シャンハイ》便で各務さんと一緒になる子がステイ先のホテルで誘ってみるって、さっき更衣室で話してた」

「えぇ？ そんな見え見えの誘いに各務さんが乗るかな？ 孤高のパイロットよ？ 何人か知ってるけど、食事すらふたりきりなのは撃沈してるって聞いたわ。『心に決めた相手がいるから不安にさせたくない』って」

「断り文句もカッコいいよね。でもその子、各務さんが転職する前も何度か一緒になったから顔見知りみたい。決まった相手がいるのならひと晩だけでもいいって迫る気なんだって」

「うわぁ、肉食ねぇ。断られて仕事やりにくくならないといいけど」

一応彼女たちは声をひそめて話してはいるものの、店内をラウンドしているスタッフには会話が筒抜けだ。

店内で大翔の噂話が聞こえてくるたびに、辻村をはじめとするスタッフがニヤニヤしながらこちらを見てくるのがいたたまれない。

「『心に決めた相手』だそうですよ、佐伯マネ」

「そんなセリフ、一度は言われてみたいです！　それにしても佐伯マネージャーの彼氏さん、孤高のパイロットなんてめちゃくちゃカッコいいですね。大丈夫です、肉食CAの誘いなんて絶対断ってくれますよ」

辻村だけでなく、葛西までニコニコと美咲をからかってくる。

正直なところ、そうした噂話が気にならないわけではない。むしろとても気になっていて、耳をそばだててしまいそうな自分を戒めなくてはならなかった。

けれど、どれだけたくさんの噂話を耳にしようと、以前のように胸が張り裂けそうに痛むことはない。

『俺は絶対に美咲を裏切らないし、二度と不安にさせないと約束する』

その言葉の通り、大翔の浮ついた話はひとつも聞こえてこない。むしろ、どんなに美人なCAや可愛いグランドスタッフに誘われても、ステイ先での食事すら断っているという。

『私に気を遣わないで、みなさんと食事に行ってくださいね。私、大翔さんの行動を制限したかったわけじゃないので』

『わかってる。だからキャプテンに誘われたらご一緒させてもらってるよ。もし女性パイロットの場合は、ふたりきりにならないように他に誰か誘うつもり』

あまりの徹底ぶりに申し訳なくなった美咲に対し、大翔は笑ってそう告げた。

彼のつれない硬派ぶりを嘆く女性たちには申し訳ないけれど、それが自分を安心させるためなのだと思うとくすぐったい気持ちになる。

とはいえ女性客の話に一喜一憂していると気づかれたくなくて、美咲はなんでもないふうを装って会話を断ち切ろうとした。

「……別に、まだ彼氏じゃないから」

すると、辻村が素っ頓狂な声を出す。

「えっ！　なにをもったいぶってんですか。あんなイケメンパイロットが口説いてんのに？　佐伯マネ、理想高すぎっすよ」

もったいぶっているわけではない……と思う。

大翔がこれだけ意思表示をしてくれているのを、美咲も嬉しく感じている。今の関係性を進展させるには、美咲から一歩踏み出すしかない。

「辻村さん、失礼ですよ。女子としては、あそこまでモテる相手だとやっぱり警戒しますって」

葛西が美咲を庇うように口を尖《とが》らせて反論した。

「確かに、あれは男から見てもめちゃくちゃハイスペだわー。この前も佐伯マネがいない日に来た時、『もし美咲に言い寄るような男がいたらこっそり教えて』って耳打ちされたし。客はもちろんだけど、俺らスタッフにも牽制してるって感じ？」

「えぇ！　初耳ですっ。めちゃくちゃ愛されてるじゃないですかー」

「……私も初耳なんだけど」

まさか大翔が辻村にそんな話をしていたなんて。恥ずかしいけれど、彼の独占欲を垣間見た気がして嬉しくなる。

「でも『まだ彼氏じゃない』ってことは、そのうち彼氏になるって意味ですよね？」

葛西が声を弾ませて尋ねてくるけれど、肯定も否定もしないまま話を終わらせる。

「ノーコメント。はい、仕事仕事。私が注文とってくるから、ドリンクとレジはよろしく」

美咲はできるだけ平静を装いながら、ふたりに背を向けてオーダー待ちのテーブルへと向かった。


それから夕方四時まで忙しく働き、遅番として出勤してきたスタッフに引き継ぎをして退勤した。今日はオープンから働いているため、身体はクタクタに疲れている。

私服に着替え、通勤に利用している駅に向かって空港内を歩いていると、向かいから、これから乗務するであろうクルー一行がやってきた。先頭を歩く二名の男性パイロットのうち、ひとりは大翔だ。

(夏の制服姿、初めて見た)

金の三本ラインの肩章がついた白い半袖シャツが眩《まぶ》しい。ジャケットを着用する冬服もカッチリしていて素敵だったが、爽やかな印象の夏服は大翔によく似合っていた。

彼の後ろには数名のCAが続いている。びしっと背筋を伸ばし、まっすぐに前を向いて歩く彼女たちは、やはり遠目に見ても美しく華やかだ。

あの中に先ほど耳にした〝肉食CA〟がいるのだろうか。つい気になって視線を向けていると、大翔のほうも美咲に気がついた。

「美咲」

大翔は立ち止まると、隣を歩いていた男性機長に「すぐに追いつくので、先に行っていてください」と告げた。

まさか話しかけてくるとは思わず、美咲は言葉に詰まる。横を通り過ぎていくCAたちの探るような視線が痛い。

「お疲れ様。もう上がり？」

「は、はい」

昼間に店内で大翔の噂話を聞いたり、辻村と葛西にからかわれたりしたせいか、彼と目を合わせて話しているだけなのに気恥ずかしい。

「そうか、気をつけて帰って」

「大翔さんこそ。今日は上海ですよね。気をつけて行ってきてください」

「うん、ありがとう。行ってくる」

大翔は嬉しそうに微笑むと、ぽんぽんと美咲の頭を撫で、そのまま颯爽《さっそう》と歩いていった。後ろ姿さえ素敵で釘づけになる。

（だから、職場でそういうのはやめてくださいって言ってるのに……！）

美咲は撫でられた頭を押さえつつ、彼の背中を見送った。

大翔に大切に想われているのも、惹かれているのも自覚している。もしかしたらこのスキンシップも、周囲の女性を牽制するためにわざとやっているのではないだろうか。

孤高のパイロットと呼ばれる彼が自ら話しかけ、笑顔で接している。その様子は、一緒に働く職員にとって驚きの光景として映るだろう。大翔の噂を知る者なら、『心に決めた相手』にだけ見せる表情だと一目瞭然のはずだ。

（本当に、カッコよすぎてずるい）

八年前、自分勝手に大翔を遠ざけた負い目があるし、彼に釣り合う自信もない。それでも彼は美咲を選んでくれた。自分がふがいないせいだったと謝罪し、美咲の思いを慮《おもんぱか》ってくれた。

そんな優しい大翔が好きだ。仕事に対する真摯な姿勢も、美咲に対する思いやりも、すべてに心惹かれている。

だからこそ、もう二度と迷わない。単なる噂話や誰かの言葉に惑わされず、大翔が自分に向けてくれる想いを信じる。

（大翔さんが帰ってきたら、一歩踏み出そう）

そう決めると、なんだか心が浮き立ってくる。美咲は久しぶりの恋愛の醍醐味《だいごみ》を味わいながら、ふわふわとした気持ちで帰路についた。

その翌日は空港店のシフトの人員に余裕があったため、本社に出社した。

いつものようにメールのチェックや売り上げの解析を進めていると、あっという間に正午になる。

美咲はグッと両腕を上げて背筋を伸ばすと、通勤途中で買ってきたサンドイッチとデスクに置いていたマグカップを持って立ち上がった。カランドの本社には大きな給湯室があり、自社のコーヒーが無料で楽しめるためよく利用している。

店舗統括部のあるフロアからひとつ下の階へ下りて給湯室に入ると、すでに先客がいた。美咲の足音に気づいたのか、ポットでお湯を注いでいた男性社員が振り返る。

「美咲……」

こちらを見て少しバツが悪そうな顔をしているのは、以前交際していた悠輔だった。

「お疲れ様」

「……お疲れ。休憩？」

「うん、飲み物だけ欲しくて」

サンドイッチの入った袋を掲げてみせると、悠輔が棚に手を伸ばした。

「オリジナルのカフェオレでいい？」

「うん。ありがとう」

コーヒーの苦みが得意ではない美咲は、会社ではもっぱらカフェオレばかり飲んでいる。それを悠輔が把握しているくらいには、彼とは短い付き合いではなかった。同期としても、これから家庭を築いていくパートナーとしても、彼を好ましく思っていた。

少し感傷的な気分になるものの、彼への未練はいっさい感じない。
美咲は悠輔が取ってくれたカフェオレの粉をマグカップに入れ、ゆっくりとお湯を注ぐ。その間、コーヒーを淹《い》れ終わったはずの悠輔が給湯室から出ていく気配はない。

「今日は出社してたんだね」

「あぁ。最近各店舗のバイトがやっと補充できたし、研修期間も終わって大丈夫そうだから。今日はたまたま午前中は店舗を回ってたけど、今週から出社してる。そっちは？　空港店の副店長が入院したんだって？」

「うん。退院したけど仕事復帰にはもう少しかかるかな。でもこっちもバイトの子たちが育ってくれたから、そろそろ任せる予定」

話題が仕事のおかげか、一ヶ月以上冷却期間をおいたおかげか、多少のぎこちなさや気まずさはありつつも普通に話せる。

「……あのさ、少しだけ時間もらってもいいか？」

緊張気味にたずねてきた悠輔に頷き、ふたりで給湯室から一番近い会議室へと入った。普段からランチタイムは開放されている部屋で、あまり混み合わないため居心地がいい。社食や外に食べに行かない日はここで食べることが多い。

まだ正午になったばかりだからか、室内には誰もいなかった。美咲と悠輔は入口を入って右側の長机にマグカップを置き、ひとつ席を空けて並んで座る。

「今さらだけど、裏切るような真似をして本当にごめん」

「もう何度も謝ってもらったよ。それにあの日も伝えたけど、私にも原因はあったと思う」

「いや、違う。美咲はちゃんと言ってたよ、恋愛には消極的だけど結婚はしたいって。俺、自分から告白して付き合ったのって美咲が初めてだったんだ。だから俺に恋愛感情を持っていない相手をどうやって振り向かせたらいいのかわからなくて、ずっと不安だった」

　苦しそうに言葉を続ける悠輔を見つめた。きっとこうしてふたりきりで話すのは、今日が最後になる。それならば、なにもかも吐き出してしまったほうがいい気がして、美咲は黙って続きを待った。

「結婚前提っていう条件があったから告白に頷いてくれたのもわかってたし、それでもいいと言ったのは俺だ。なのに勝手に不安に感じて、流されて裏切るなんて最低だった。ごめん」

「ううん。私も、悠輔が恋愛感情を持った上で告白してくれたんだってわかってたんだから、もっときちんと向き合うべきだった。ごめんなさい」

恋愛と結婚を分けて考えていた美咲と、『好きだ』と告白してくれた悠輔。長い時間を一緒に過ごしても彼に対する感情が〝恋〟にならなかった時点で、もう一度立ち止まって考えてみるべきだったのだ。

悠輔と未来に向かって歩きだすことで、過去のつらい恋愛を断ち切ったつもりになっていた。自分の結婚が兄を安心させられる唯一の手段だと信じて疑わず、結婚がゴールだと思い込んでいた。

自分の浅慮が招いた結果だと、美咲も頭を下げる。

そうして互いに心から謝罪し合い、顔を見合わせて苦笑した。

「お互い様ってことで、これで本当に終わりにしよう」

「ん、わかった」

その後、悠輔の家に置きっぱなしにしている荷物をどうするかを相談し、服や小物などは彼の厚意に甘えて処分を任せ、パスポートなどの貴重品だけ明日会社に持ってきてもらうよう頼んだ。

悠輔は了承して立ち上がると、「そういえば」とたずねてきた。

「あの日一緒にいた人、お兄さんじゃないんだよな」

「あ……うん」

「もしかして美咲の忘れられない相手って、あの人？」

美咲は驚きに目を見開く。確かに大翔はあの場で意味ありげな発言をしていたけれど、それだけでわかるものだろうか。

するると、彼はふっと息を吐き出した。

「やっぱりそうなのか。ただの勘だったんだけど。付き合ってるの？」

「ううん。悠輔の家を出た日、本当に偶然再会したの。でも……告白しようと思ってる」

美咲が正直にそう打ち明けると、悠輔は少し驚いた表情を見せたあと、小さく笑った。

「そっか。俺が言うのもおこがましいけど、うまくいくといいな」

本心からの言葉だというのが伝わってくる。こういう穏やかな空気感を持つ悠輔だからこそ、美咲も結婚を考えられたのだ。

「うん。ありがとう」

「そろそろ行くわ。休憩中にごめんな」

「ううん、話せてよかったよ。私、ここで食べていくから」

「そっか。じゃあな」

今後ふたりきりで会うことは二度となくても、これからも悠輔とは会社の同期であり、同じ部署で働く同僚だ。仕事上では今まで通り接するために、こうしてわだかまりなく別れられてよかったと胸を撫でおろした。

会議室から出ていく悠輔を見送り、ふうっと息をつく。

部屋の奥の大きな窓には抜けるような青空と、悠然と飛んでいる一機の飛行機が映っていた。飛行機を見るたびに、大翔の顔が思い浮かぶ。それは八年前からずっと変わらない。

（なんか今、すごく大翔さんに会いたい）

海の向こうにいる大翔を想い、きゅっと胸が詰まった。

大翔が上海から帰ってくる予定の金曜日の夜。美咲はあの日の約束通り、彼の帰宅を料理をしながら待っていた。彼を労う気持ちはもちろんあるけれど、今日はそれ以上になにか手を動かしていないと落ち着かなかった。

告白しようと決めたもののどう切り出すべきか、なにも思いつかない。

（率直に『好きです』って言うべき？　いや、まずは『お話ししたいことがあります』かな。でも疲れて帰ってきてるのに時間をとらせるのも……）

ぐるぐると頭の中でシミュレーションしてみるも、どれもしっくりこない。そうこうしているうちに、玄関から解錠する音が聞こえた。

「おかえりなさい」

「ただいま。すごくいいにおい」

美咲が火を止めて玄関で出迎えるよりも早く、大翔がリビングに顔を出した。疲れた素振りも見せずに笑いかけてくれる彼に、胸がキュンと鳴る。

「お腹空いてますか？　肉じゃがと茶碗蒸し作ったんですけど」

「ありがとう。めちゃくちゃ腹減った。なにか手伝うことある？」

「いえ。もうよそうだけなので座っててください」

「うまそう。いつもありがとう」

本心から喜んでいるのがわかる表情で、大翔が感謝を言葉で伝えてくれる。彼はキッチンに立つ美咲のそばまで来ると、ぽんぽんと頭を撫でた。

必死に平静を保とうとしているところに不意打ちのスキンシップを受け、心臓がバクバクと早鐘を打ち始める。

（どうしよう、好きっていう気持ちがあふれそう……）

何気ない日常の中で少しずつ彼への気持ちが育っていき、いつの間にかこんなにも大きくなっている。

美咲はなんとか自分を落ち着かせながら料理を仕上げ、テーブルに並べていく。

その間に手洗いを済ませた大翔が戻ってきて、美咲と同じタイミングでテーブルについた。

「どうぞ、食べてください」

「うん。いただきます」

ふたりで食卓を囲むのにも慣れてきたはずだけど、今日はやはりそわそわと落ち着かない。

（そういえば、例の肉食ＣＡさんから誘われたのかな）

大翔の気持ちを疑っているわけではないけれど、もし誘われていたとすると面白くない気分だ。

まだ自分の気持ちを打ち明けてもいないのに、相変わらず嫉妬心だけは一人前な自分に呆れてしまう。

悶々と考え込む美咲の様子に気づいたのか、大翔は箸を止めて美咲の顔をじっと見つめた。

「なにかあった？」

「えっ？　どうしてですか？」

「いや、なんか落ち着かなさそうにしてるから」

挙動不審な自覚があるため、美咲は顔を赤らめて俯いた。さすがにこの流れで告白はしにくいし、なにより食事をしながら話すような内容ではない気がする。

「なんでもないですよ。それより、上海って行ったことがないんですけど、どんなところなんですか？」

「そうだな、海外の中では比較的治安がよくて、観光スポットもたくさんあるよ。定番は外灘《ワイタン》かな。買い物もできるしレストランも多いし、建物も歴史があって見ごたえ充分らしい。夜景も綺麗だしね」

「らしいって、大翔さんは行かなかったんですか？」

「うん、ステイ先のホテルから行くには少し遠いから。あ、でも部屋から上海タワーは見えたよ」

他にも、大翔が行ったことのある観光地やコックピットからの極上の景色に感動した話を聞いた。食事を終えてふたりで片づける間も、会話は途絶えずに続く。

「夜のフライトのコックピットが暗いなんて、初めて知りました。そのぶん、夜景が映えそうですね」

「夜景と同じくらい、大量のスイッチや計器も光っててキラキラしてるよ」

「写真でしか知らないけど、あの量のボタンを全部把握してるって本当にすごいです」

片づけを終えると、大翔が買ってきてくれた上海土産の中国茶を淹れ、ふたりで並んでソファに座る。

「そういえば、美咲は海外旅行をしたことあるの？」

「大学の卒業記念に、友達と四人で台湾《タイワン》に行きました。今日返してもらったパスポートを見て、またいつか海外旅行したいなって思ってたところで――」

美咲がそう口にした瞬間、大翔の眉間にぐっと深い皺が寄る。

「返してもらったって？」

「え？」

「パスポートを返してもらったって、あいつに？」

これまで話していた声よりもワントーン低い声で問いかけられ、美咲は戸惑いながらも頷いた。すると、大翔の睨むような視線に貫かれる。

「まさか家まで行ったのか？」

「ちっ、違います。会社に持ってきてもらったんです。昨日、たまたま休憩室で会った時に少し話して……」

悠輔と話した内容を簡単に伝えると、大翔は大きなため息をついた。

「彼とは同じ部署なの？」

「はい。この一ヶ月は私も彼も店舗に出向くことが多かったので、全然顔を合わせてなかったんですけど」

「これから美咲が空港店のシフトに入る必要がなくなれば、毎日のように顔を合わせるのか……」

「そう、なります、ね」

俯き気味で応えつつ、美咲はちらりと視線だけ上げて隣に座る大翔を盗み見る。依然として眉をひそめ、口を真一文字に引き結んでいる。

不機嫌そうにも受け取れるその表情の中に、隠しきれない嫉妬の感情が見えるような気がした。

美咲の自惚れでなければ、今の大翔は八年前の自分と同じ気持ちでいるのではないだろうか。

「私が好きなのは、大翔さんだけです」

頭で考えるよりも先に、言葉が零れ出ていた。誤解されたくないし、不安にさせたくない。そんな思いから、美咲は必死に言葉を紡いだ。

「彼とは同期で、同じ部署に勤める同僚で、今後も顔を合わせるし仕事で話したりもします。だけどそれだけです」

そう言いながら、美咲は八年前と立場が反転していると気がついた。そして同じ立場に立った今、過去の大翔の思いをようやくきちんと理解できた。

だからこそ、同じ言葉をもう一度繰り返す。彼に届くように、想いが伝わるように。

「私が好きなのは、大翔さんだけ」

しかし、大翔からはなんの反応もない。身体を硬直させたまま、じっとこちらを見つめている。

もしかしたら、過去の自分と同じ気持ちというのは勘違いなのだろうか。そうだとしたら自意識過剰みたいで恥ずかしい。

「ご、ごめんなさい、気になってるわけじゃないならいいんです。つい過去の自分と重ねてしまって余計なことを――」

「今のは、本当に？」

不安になって早口で捲し立てる美咲の言葉を遮り、大翔が身を乗り出すようにして尋ねてくる。

「本当に、もう一度俺を好きになってくれたのか？」

大翔が向ける熱い眼差しに、美咲はのぼせるように頷いた。

「はい。きっと八年前よりもずっと、大翔さんに惹かれています」

飛行機の操縦をしている姿を間近で見たわけではないけれど、一緒に暮らしているとどれだけパイロットとして責任と誇りを持って職務にあたっているのかがひしひしと伝わってくる。

真面目でストイックに仕事に取り組む一方で、美咲を蔑ろにせずに言葉や行動を尽くして大切にしてくれる。

ふたりでの生活は心地よく、ずっと一緒にいたいと心から思えた。

「美咲、抱きしめてもいい？」

問いかけたものの返事を待たず、大翔は美咲の腕を引き寄せ、その胸にぎゅっと抱きしめる。ようやく手に入れたのだと確かめるように、彼は美咲のうなじに鼻先を埋めた。

「はぁ。やっと取り戻した」

「気持ちを伝えるのが遅くなってごめんなさい。過去の身勝手さを後悔していたのもあるし、恋人と別れて間もなかったのもあって、大翔さんの想いに応えていいのか自信がなくて……」

「それでも俺を選んでくれたんだろう。嬉しいよ、ありがとう」

美咲を抱きしめる腕の力が強くなる。その想いに答えるように、美咲も彼の背中に手を回した。

「あの、ひとつだけ聞いてもいいですか？」

「もちろん」

「大翔さんを疑っているとかではないんですが、上海でCAさんに誘われたりしましたか？　食事とかじゃなくて、その……」

言い淀みつつも、職場で『ひと晩だけでもいい』と誘いをかけるつもりのCAがいると耳にしたと打ち明けた。

すると大翔は美咲を腕の中から解放し、しっかりと視線を合わせて微笑んだ。

「嘘をつきたくないから正直に話すよ。確かに、わりとあからさまにベッドに誘われた。もちろん断ったよ。『好きな子がいるから無理だ』って。美咲に恋をして、もう十年近くかな。ずっとそうしてきた」

「ずっと……？」

「美咲に出会ってから、俺にとっての女性は君だけだ」

大翔の深い愛を知り、心が震える。鼓動がドクドクと高鳴り、悲しくないのに涙が滲んだ。

「私……大翔さんを信じます」

「美咲」

「なにか思うところがあったらこうしてきちんと聞くし、もう勝手に不安になったりしません。大翔さんが私を想ってくれるって、信じさせてくれたから」

嬉しくて、幸せで、美咲は自分から大翔の胸に飛び込む。彼は驚いたように息をのんだが、すぐにぎゅっと包み込んでくれる。

「美咲。会えなかった八年分、抱いてもいいいか」

ぞくりとするほど色気に満ちた声。耳に唇が触れる距離で囁かれ、美咲はひゅっと首を竦めた。決して嫌だったわけではない。

八年前もこの声で名前を呼ばれ、愛を囁かれるたびにお腹の奥がずくんと疼いたのを思い出す。大翔が自分を求めてくれるのが嬉しくて、つたないながら懸命に応えていた。

今もまた切実な色味を帯びた声音で請われ、身体の奥の方からじわじわと熱が広がっていくのを感じる。それに気づかれるのが恥ずかしいのに、それでも拒むという選択肢はなかった。

こくんと頷くと、大翔はそのまま美咲を抱き上げて寝室へ向かった。そっとシーツに横たえられ、心臓の音が部屋中に響きそうなほど大きくなる。

「んっ……」

彼の唇が、柔らかく触れた。深く淫らなものではなく、美咲が怖がっていないか、嫌がっていないか、確かめるようなキスだった。

「好きだよ、美咲」

「大翔さん」

暗がりの室内でも、こちらを見下ろす瞳の奥に獰猛《どうもう》な光が宿っているのがわかる。強く求められている実感が、美咲をどうしようもなく高ぶらせた。

大翔の唇が頬や耳、額に触れる。そして再び唇に戻ってくる。美咲に抵抗の意思がないと伝わったのか、何度か角度を変えて重ねたあと、そっと舌先が侵入してくる。

「美咲。もっと口を開けて。そう、いい子」

「ふ……んんっ」

濡れた舌同士を擦り合わせ、互いの呼吸を奪うように絡ませる。大翔の舌遣いは次第に遠慮がなくなり、口内を隈《くま》なく探られると美咲の呼吸は徐々に乱れていった。

「ん、んっ……」

「美咲、好きだ」

キスの合間に何度も愛を囁かれるのは、くすぐったいのに心地いい。

大翔はキスの雨を降らしながら自身の服を脱ぎ捨て、美咲のブラウスに手をかけた。

器用な手つきでボタンが外され、シンプルな下着が晒される。この段になってようやくシャワーを浴びていないと気づき、「あの、シャワーを……」と小さな声で訴えた。

「ごめん。やっと美咲に触れられるかと思うと余裕がない。もう一秒も待ってやれない」

「えっ……あっ、ん」

大翔は目の前に差し出された膨らみをやわやわと揉《も》み、美咲の反応を見逃すまいと熱い視線を向けてくる。

敏感な部分を何度も優しく撫で、爪弾《つまび》く。反対は舐《な》めたり舌でころころと転がしたりしながら、美咲が声をあげるたびに笑みを深めた。

「ふっ……は、あ……」

「可愛い。もう目がとろんとしてる」

触れられている場所から全身に甘い快感が広がっていき、言いようのない焦れったさがお腹の奥に溜まっていく。

早く違う部分にも触れてほしいのに、大翔は久しぶりの感触を確かめるように両胸へ愛撫《あいぶ》を施し続ける。

「やっ、もう……」

「うん。こっちも触るよ」

太ももをするりと撫でた大きな手が、そのまま脚の間に到達する。

待ちわびていたそこは恥ずかしいほどに潤んでいて、美咲は思わず「やだ……」と泣き声をあげた。

「可愛い。よかった、ちゃんと感じてくれて」

「あっ……や、んっ」

指でゆっくりと撫でられ、美咲の耳に淫らな水音が響いてくる。まだキスと上半身に触れられただけなのに、もうこんなにも身体が大翔を欲しているのだと自覚すると、はしたない女になってしまったようで恥ずかしくて仕方ない。

「本当に可愛い。こんなふうにとろける美咲を俺以外の男が知っているのかと思うと、嫉妬で頭が焼き切れそうだ」

大翔の口から零れ出た正直な気持ちは、八年前に自分が感じていた感情そのままだ。

美咲は大翔が初めてだったけれど、彼はそうじゃない。過去に他の女性と抱き合った過去がある。それを想像するだけで苦しくて、どうして自分は彼と同じ年に生まれなかったのだろうと詮ないことを考えていた。

（でも、過去は過去。今、私が好きなのは、目の前の大翔さんだけ。きっとあの頃の大翔さんもそう思っていてくれたと、今なら信じられる）

美咲は快感に意識をもっていかれそうになりながらも、大翔の頬に手を添えて微笑んだ。

「私が今、抱いてほしいって望むのは、大翔さんだけです。そして、これからもずっと」

「……美咲」

「だからお願いです。今すぐに、大翔さんをください。八年分、好きなように抱いて……」

自分でも大胆なことを言っている自覚はある。けれどそれで大翔の嫉妬心を和らげ、少しでも不安を取り除いてあげられるのなら、羞恥心くらいなんでもない。

そんな気持ちから彼を見上げると、大翔は無言のまま、噛みつくようなキスをしてきた。

「んんっ！」

遠慮なく舌が絡められ、頬の内側や歯列も隈なく舐められる。美咲がおずおずとそれに応えると、さらに口づけが深まり、呼吸さえも奪われた。

その間も指先は美咲の中に入り込み、官能を引き出そうといやらしく動いている。

「ふぁ……ん、あっ、大翔さんっ」

「美咲。君が煽ったんだ、責任は取ってもらうよ」

焦らすつもりはないのか、それとも大翔にも余裕がないのか、彼は手早く準備を整えると、熱く滾《たぎ》るもので美咲を奥まで貫いた。

「あぁ……っ！」

あまりの衝撃に、美咲は喉を反らして喘《あえ》ぐ。

「……っく、ごめん美咲。苦しくないか？」

大翔が眉間に皺を寄せながら、こちらを気遣ってくれる。

額には汗が滲み、むせかえるほどの壮絶な色気を孕《はら》む眼差しに、美咲は胸が痛いほどときめいた。

「苦しくないです。大翔さんの、好きに……」

「こら。人が必死に理性を保とうとしてる時に」

「そんなの、いらないっ……大丈夫だから、ね？」

大翔の頭を抱き寄せ、ぎゅっと身体を密着させる。

すると自分のお腹の奥で大翔が大きくなったのが感じ取れ、美咲は「んっ」と甘い声を零した。

「ほんっとに、可愛すぎる……」

舌打ちをしそうな低い声でそう言うと、大翔は美咲の片脚を抱え、思うままに腰を打ちつけ始めた。

「あっ！　あ、はぁ……」

必死で彼の背中にすがり、押し寄せる大きな快楽の波に流されまいとする。

けれど美咲を見つめる熱い眼差し、荒々しい腰遣いとは裏腹の頬を撫でる優しい手つき、吐息交じりに囁かれる愛の言葉。すべてが快感を増幅させ、あっという間に高みへ駆けのぼっていく。

「好きだよ、美咲。愛してる」

私も、と言葉にできたかどうかはわからなかった。

極上の声で紡がれる愛と快楽に酔いしれ、美咲の意識は途切れた。

6. 過去を乗り越えて

大翔と想いを通じ合わせた三日後。美咲が羽田空港店でのシフトに入るのも、今日で最後となった。

副店長の怪我はすっかり治ったらしく、明日から復帰予定だ。トレーニーとして働いていた葛西も仕事を覚えてひとり立ちしたのもあり、この様子ならば安心して店を任せられる。

「ねぇ、なにかいいことあった？」

ランチのピークタイム過ぎ。バイトスタッフの休憩を回し終えたところで理香が尋ねてきた。美咲は目ざとい友人の指摘にドキッとして肩を竦める。

「え？　どうして？」

「なんだろう、雰囲気？　肌艶？　すごくいきいきして見える」

「はっ、肌艶？」

理香には大翔について話を聞いてもらっていたため、近々ゆっくり食事をしながら報告できればと思っていた。

けれど、少し遅かったらしい。素直に動揺してしまった美咲の反応にピンときたようで、理香は口の端を上げてにんまりと微笑んだ。

「なるほど？」

「まだなにも言ってないよ」

「その反応が答えでしょ。うまくいったんだ？」

「う……はい」

正直に頷くと、遅番として出勤してきた辻村と葛西が食いついてくる。

「えっ！ うまくいったって佐伯マネ、あのイケメンパイロットっすか？」

「きゃあ！ 佐伯マネージャー、おめでとうございます」

「ちょ、ちょ、声が大きいっ」

慌てて窘めるも、ふたりはなぜか当事者の美咲以上に盛り上がり始めた。

「もったいぶってたけど、やっぱり佐伯マネもあの人が好きだったんっすね」

「そりゃ、あんなイケメンに溺愛されて落ちない女性はいないですよ！」

「うわー。空港中の女性スタッフが泣くんだろうなー」

「それは仕方ないですよ。だってもう佐伯マネージャーしか見えてませんって感じでしたし」

チャラそうな辻村と真面目な大学生である葛西は意外にも気が合うのか、ふたりでうんうんと頷き合っている。

そんな彼らに苦笑しながら、理香がパンパンと手をたたいた。

「わかったわかった、あとで私が根掘り葉掘り聞いておくから落ち着いて。これから一番行ってくるから、辻村くん全体見ててね。葛西さんはドリンクお願い」

「了解っす」

「はいっ」

理香が指示を出すと、葛西と辻村はニヤニヤしながらも素直に仕事に取りかかる。

美咲は彼らの追求から逃れられたと小さく安堵《あんど》のため息をつきつつ、理香とふたりで休憩に出た。

「それで？　本当はずっと好きだったんでしょ。なにがきっかけでヨリを戻したの？」

食事をしながら、早速理香が水を向けてくる。辻村たちに言った『根掘り葉掘り聞いておく』というのは、咄嗟のごまかしではなかったらしい。

美咲はロコモコ丼を口に運び、咀嚼《そしゃく》しながら「うーん」と首をかしげた。

きっかけと言えるほど、なにか大きな転機があったわけではない。けれど大翔の大きくて深い愛情を一身に浴びて、勝手に不安になって逃げていた自分が情けなくなった。

きちんと向き合わなくては誠実さに欠けると思ったし、現在の悠輔と美咲の関係性を考えれば、過去の大翔が今の自分と同じように考えていたのだろうと理解もできる。

身勝手な別れ方に対する罪悪感を取っ払って自分の感情と向き合ってみると、大翔を好きだという気持ちしか残らなかった。過去を引きずっているわけではなく、今の大翔に惹かれているのだ。

美咲が言葉を選びながら話すのを最後まで黙って聞き終えた理香は、ふわりと綺麗に微笑んだ。

「正直、前に付き合ってた頃の各務さんに対して『なんで元カノの悪行に気づかないの!?』ってイラッとしてたの。でも今はうちの店に頻繁に来ては必死に口説いてたし、機長を連れてきて美咲を紹介するくらい本気なんだって微笑ましかったわ」

「あれ、本当にビックリした」

「ふふ。うちのスタッフだけじゃなく、サクラ航空内でも各務さんの美咲への入れ込みようは広まってるんだから、もう逃げられないわね」

「……うん。もう逃げない」

十分すぎるくらい逃げて、結局忘れられなかったのだ。

誰かを傷つけてまで自分の気持ちから逃げ続けても、誰も幸せにはなれないのだと知った。それに、もう大翔から離れられる気がしない。

気持ちが通じ合い、八年ぶりに抱かれた金曜日の夜以降、大翔の甘さはますますヒートアップしている。

この週末はふたりで出かけたが、どこに行くにも手を繋ぎ、なにをするにも美咲を優先してくれた。彼いわく『フライトで月の半分は会えないぶん、一緒にいられる時は甘やかしたい』のだそう。

夜も同じ理由で体力の限界まで抱かれた。ドロドロに甘やかされ、何度も甘い言葉を囁かれる。大翔が自分を愛してくれているのは疑いようもない。

彼との時間はなにもかもが幸せで、逃げるという選択肢は綺麗さっぱり消え去った。

「あーあ、幸せそうな顔しちゃって。そりゃバイトの子たちもからかいたくなるわよ」

「やだ、そんなに締まりのない顔してる？　マネージャーの威厳もなにもあったものじゃないよね」

担当する店舗の従業員を監督する立場にあるのに、大学生の子にからかわれている自分自身に苦笑が漏れる。

「いいんじゃない？　仕事に支障をきたしてるわけじゃないし、バイトの子にも慕われる管理職なんて理想的じゃない。うちの店、サクラ航空の従業員もよく来るからいろいろ噂も届くし、あの子たちなりに応援してるのよ」

もちろん、それもわかっている。

カランドの空港店のスタッフはみんな仲がよく、それが店の和やかな雰囲気にも繋がっている。店長である理香の尽力の賜物だろう。

とはいえ、恥ずかしいものは恥ずかしい。

「さっきはからかいたくなるって言ったくせに？」

「まぁ半々ね」

理香はおかしそうに笑ったあと、食事する手を止めて水の入ったグラスを持った。

「なんにせよ、うまくいってよかったね」

「ん、ありがとう」

親身に話を聞いてくれた理香に感謝を伝え、美咲もグラスを持ってカチンと合わせた。

仕事を終えてマンションに帰ると、美咲を出迎えてくれたのは部屋の主である大翔ではなく、リビングのソファに座る兄の篤志だった。

「えっ！　お兄ちゃん、どうしたの？」

「俺も今日は自宅スタンバイだったから、一緒に飯でも食おうと思って」

「食材買い込んで、突然うちに来たんだよ」

自宅のように寛ぐ篤志に対し、大翔がキッチンから呆れた声で言った。

自炊ができる大翔とは違い、篤志は壊滅的に料理が下手だった。美咲とふたり暮らしをしていた時も積極的に家事をしていた篤志だが、料理だけは美咲が担当していた。

なんでもそつなくこなす兄の珍しい弱点である。

大翔は篤志の要望を聞いて料理をしている途中らしく、リビングには肉の焼ける香ばしいにおいが漂っていた。

「もう、連絡くれたら私が作りに行ったのに。ごめんなさい、大翔さん。手伝います」

手を洗って慌ててキッチンへ行くと、大翔は料理の手を止めて美咲の肩をふわりと引き寄せた。

「いや、大丈夫だよ。おかえり、美咲」

そう言って、ちゅっと音を立てて頬にキスをされる。

大翔は「もうすぐできるから、美咲は篤志と座ってて」と自然に振る舞うけれど、まさか兄の前でナチュラルにキスをされるとは思ってもみなかった美咲は、頬を真っ赤に染めた。

「おい、そういうのは俺の見えないところでしろよ」

あからさまに不機嫌そうな顔を作った篤志が、大翔をじろりと睨む。

「勝手に俺たちの家に来たのはお前だろ」

「『俺たちの家』ね。ったく。それで？　美咲は俺に報告することあるだろ。いつ話してくれるのかって待ってたのに、一向に連絡がないからこっちから来たんだよ」

隣に座るように視線で命じた篤志が、切れ長の目をスッと細める。

「報告って……」

彼が言わんとしているのは、当然大翔との関係についてだろう。ここで暮らし始めて以来篤志には会っていなかったのに、どうやらお見通しだったらしい。

「これでも心配してたんだ。同居を許可したはいいけど、美咲の気持ちが大翔に向かないんじゃ一緒に住むのは苦痛だろ」

「そんな、苦痛だなんて」

篤志の隣に腰を下ろし、首を横に振った。すると篤志から真剣な眼差しが向けられる。

「じゃあ、今は幸せか？」

兄が本気で自分を心配してくれているのだとわかるため、まっすぐなその視線を受け止めた。その問いかけには自信を持って答えられる。

「うん。幸せだよ」

微笑みながら頷いてみせると、仏頂面だった篤志も安心したように笑った。

「そうか。それならよかった」

「心配かけてごめんね、お兄ちゃん」

「いや。やっと収まるところに収まったってところだろ」

「……やっと？」

あの雨の日に偶然再会してから今日まで怒涛の日々だった。

まさか大翔から復縁を望まれるとは思っていなかったし、自分がそれに応えるという未来も見えていなかった。

美咲にとっては急転直下の展開であり、篤志の『やっと』という意味がわからず首をかしげる。

「あぁ。大翔の粘り勝ちだな。お前が他の男と同棲してるって知った時のあいつの落ち込みようったらなかったし、再会してからの囲い込みなんて必死すぎだったろ。十年もお前を想って他の女には目もくれなかったらしい。まあ俺としてはそのくらいの男じゃないと美咲を嫁に出す気にはなれないけどな」

篤志の口から大翔がいかに自分を想っていてくれたのかを聞かされ、嬉しさと恥ずかしさで頬がかぁっと熱くなる。

「よ、嫁って、なに言って……」

「考えてないのか？」

「だって、再会してまだ二ヶ月しか——」

「俺は今すぐにでも結婚したいって思ってるよ」

キッチンからダイニングテーブルへ料理を運ぶ大翔が、美咲の言葉を遮り話に入ってきた。どうやら篤志との会話を聞いていたらしい。

「形にこだわりがあるわけじゃないけど、なにかあった時に家族じゃないと困る場面が出てくるかもしれないだろ。法律的にも美咲が俺のものだって証になるし、周りの男に牽制もできる。それに、生涯を共にしたいのは美咲しかいない。もちろん美咲の意思を尊重するけど、俺がそういうつもりでいるってことだけ忘れないで」

「大翔さん……」

「いつかちゃんとプロポーズする。そうしたら、ふたりで篤志に報告に行こう」

大翔の言葉に息をのんだ。

彼は言葉を惜しまず、いつでも愛情を伝えてくれるため不安とは無縁でいられる。

これでは実質すでにプロポーズされているような状況だが、困惑よりも喜びが胸に広がっていく。美咲が嬉しさのあまり何度もこくこくと頷くと、彼も幸せそうな微笑みを返してくれた。

「よかった。断られたらどうしようかと思った」

「断ったりしません。嬉しいです」

「あー、はいはい。だからそういうのは俺が帰ったあとにしてくれ」

ふたりが醸し出す甘い空気に眉間を寄せた篤志は、ソファから立ち上がると料理が並べられたダイニングへと移動して席につく。

美咲は火照った顔を両手で覆いながら兄に倣い、大翔の作った料理を三人で食べた。

幸せで胸がいっぱいで空腹を感じなかったけれど、せっかく作ってくれたものを残したくなかったし、過保護なふたりを心配させまいといつも以上にたくさん食べた。

そうして食事を終えた頃、篤志が「そういえば」と呟いた。

「今日大翔に会いに来たのはもうひとつ話があったんだ」

「話？」

「お前、今年も同窓会に出ないのか？」

大学の卒業生が必然的に入会する同窓会組織とは別に、同じ理工学部だったメンバーで年に一度集まる会を開いているらしく、篤志は去年も出席していた。

「大翔が帰国したって聞いて、会いたい奴らも多いと思うぞ。もし行くなら声かけてくれ。一緒に行こう」

それだけ告げると、篤志は「うまかった。ごちそうさま」と手を振って帰っていった。

（大学の、同窓会……）

玄関で篤志を見送りながらも、美咲の脳裏に佐奈の顔が浮かぶ。彼女も大翔や篤志と同じ理工学部の同級生だ。サクラ航空を辞めていても、同窓会なら再会する可能性もあるだろう。

今さら彼女がなにかしてくると思っているわけではないけれど、反射的にネガティブな感情が顔に出てしまったらしい。それに気づいた大翔が美咲の背中に手を添えた。

「気にしなくていい。欠席で返信した」

「え？」

「会いたいなら個人的に声をかければいいし、美咲を不安にさせてまで同窓会に行きたいわけじゃないから」

彼はそう言ってくれるが、海外にいたため会えていなかった友人と久しぶりに話す機会を奪いたくはない。篤志は卒業してから毎年出席しているし、きっと楽しい会なのだろう。大翔だって美咲の過去の話を聞かなければ出席していたかもしれない。

それに、八年前の幼かった自分とは違う。大翔を心から信じられるからこそ、過去とは違って本心から『私は大丈夫』と言える。

「海外にいてずっと出席できなかったんですよね？　せっかくの機会なんだし、予定が合うのならぜひ行ってきてください」

「でも……」

彼がためらうのは、美咲が再び傷つくのを憂いているからだ。それならば、その憂いを取り除くのは美咲の役目だ。大翔の手をぎゅっと握り、しっかりと微笑んでみせた。

「正直に言えば、大学の同級生と聞いてドキッとしました。でも私のせいで大翔さんの交友関係が狭まるのは嫌です。それに、その場に誰がいたとしても、大翔さんは私を裏切ったりはしないですよね？」

「それは当然だ」

「私も今はそう信じられます。信じられるように、大翔さんが前にも増して私を大切にしてくれるから」

だから大丈夫、と繰り返す。

昔は不安な気持ちを打ち明けられず、彼を信じきれなかったためにダメになったのだ。もう同じ失敗は繰り返さない。素直な気持ちを伝え、その上で行ってきてほしいと本心を告げた。

大翔は少し思案顔をしていたが、やがて「ちょっと待って」とスマホを取り出してスケジュールを確認する。

「その日は三連休の中日だな」

国際線の乗務のあとは、三日間の連休がある場合が多い。どうやらちょうど休日にかぶっていたようだ。

「じゃあ」

「うん。行ってこようかな。久しぶりに会う友達に、美咲とのことを思いっきり惚気《のろけ》てくる」

「の、惚気なくていいですから。今日だって、お兄ちゃんの前であんな……」

「ん？」

おかえりのキスをしたり、プロポーズのような言葉をくれたり、篤志が見ていようとお構いなしの甘い言動について言っているのだとわかっていながら、大翔は素知らぬ顔で首をかしげる。そのままじゃれるように彼の腕に捕まった。

「待ってください、これから片づけが……」

「あとでいいよ」

大翔はひょいっと美咲を抱き上げると、そのままリビングではなく寝室へと向かう。彼はベッドに座った自分の膝の上に横抱きに美咲を乗せると、額や頬、目尻にキスの雨を降らせた。

「本当は美咲が帰ってきたらすぐにでもこうしたかったのに、篤志に邪魔されたから」

「ん……ふ、ぁ」

そっと顎を持ち上げて唇を塞がれる。優しく触れたところから彼の愛情が流れ込んでくるようなキスを、美咲はうっとりと享受する。

「それより、本当に大丈夫か？」

角度を変えて何度も口づけをしたあと、吐息の交わる距離で顔を覗き込んできた。どうやら、まだ同窓会について心配しているらしい。

美咲は心配性な恋人を安心させるように微笑んだ。

「はい。あれからもう何年も経ってるので。そういえば、大翔さんは今の北見さんについてなにか知ってるんですか？」

「いや。訓練中に会社を辞めたばかりの頃は何度か連絡があったけど、無視し続けてそれっきりだな。当時のサクラ航空内でも、なんとなく彼女のことを口にするのはタブーみたいな雰囲気があったから」

佐奈の父もサクラ航空のパイロットだったため、初の父娘パイロットとして広報活動にもさかんに関わっていた。そんな彼女が訓練中にアルコール検査に引っかかって謹慎になった上、途中で離脱し退職したとなれば会社としても頭の痛いスキャンダルだ。

そのため、佐奈の退職後の話は噂すら話題にのぼることがなかったらしい。

「そうなんですか」

「気になるか？」

「いえ。それよりも、あの、この体勢のほうが……」

抱き上げられてここに連れてこられてから、大翔の膝の上に座らされたままだ。いくら彼が鍛えているとはいえ、ずっと美咲が乗っていたら重いだろう。

もぞもぞと大翔の膝から下りようと試みるけれど、腹部に巻きついた彼の腕が緩まることはない。それどころか、さらにぎゅっときつく抱きしめられた。

「今日で店舗に立つのは終わりなんだっけ？」

「はい。副店長も完治したみたいで、明日から出勤してくれます」

「そうか。じゃあ明日からはずっと本社なんだな」

「そうです。大翔さんは国内線ですよね。福岡の往復でしたっけ」

美咲の問いかけに返事がない。肩口にぐりぐりと顔を埋め、甘えるような仕草に胸がキュンとなる。

同じ部署に悠輔がいるため、気にしているのだろう。同窓会の件で美咲が不安にならないように甘やかそうとしているのかと思いきや、彼もまたちょっとした不安を抱いているのかもしれない。

美咲は大翔の背中に腕を回し、右手でサラサラの髪をそっと撫でた。

「……心配しなくても、そんなに頻繁に話したりしませんよ？」

「わかってる、美咲を信用していないわけじゃない。ただ同僚だろうと客だろうと、どこで誰が美咲を口説こうとするかわかんないだろ。こんなに可愛い彼女を持つと、心配が絶えないだけだ」

「あ、辻村くんにも似たような話をしたって聞きました。そんなもの好き、そうそういませんよ」

「そうやって自分の魅力に無自覚な美咲だから心配なんだ。さっきの話じゃないけど、早く俺のものにしたい」

そう言うが早いか、大翔は先ほどよりも荒々しく唇を重ねてきた。美咲はそれを受け止めながら、必死に愛を伝えようと自らも舌を絡める。

彼が言うような魅力が自分にあるとは思えない。第一ターミナルの至るところで噂が聞こえてくるエリートパイロットである大翔と違い、美咲はただの会社員だ。

けれど彼の感情がわかるからこそ、不安を吹き飛ばすほどの想いを伝えたい。

「私はもう、大翔さんのものです」

「美咲」

自分の名前を呼び、独占欲と情欲を隠さない眼差しで見下ろす大翔が愛おしくてたまらない。

覆いかぶさってくる大翔の熱い身体を受け止め、ふたりはひと晩中愛を伝え合った。

7・帰る場所《大翔 Side》

全国的に暖かい空気に覆われ、記録的な暑さが続く七月上旬。

四年ぶりに出席する同窓会は、都内の一等地に構える高級ホテルで開催されていた。

花の模様をあしらった黄色とブラウンのカーペットにゴールドカラーのシャンデリア、円卓には柔らかい青緑色のテーブルクロスがかけられている。華美すぎず全体的に優しく温かみのある印象のパーティー会場だ。

イギリスへ行っていた三年間は出席できなかったが、それ以前は仕事の調整がつけば出席していた。

なかなか会う機会のない友人と他愛ない話をするのは楽しいし、違う業種で働く同級生の話を聞くのは自分にとっても刺激になる。美咲と再会する前に同窓会の知らせが来ていたら、深く考えずに出席の返事をしていただろう。

けれど今は佐奈に会う可能性がある以上、同級生の集まる場に行く気はさらさらなかった。過去に出席した時に顔を合わせることはなかったが、確率はゼロではない。

美咲にも話した通り、会いたい友人には個人的に連絡を取れば済むし、大翔自身もできるなら佐奈には会いたくない。

無責任に訓練を放棄しただけでも呆れていたが、根も葉もない嘘を周囲にばら撒《ま》き、美咲を不安に陥れていたと知った今では、軽蔑していると言っても過言ではない。そんな彼女と顔を合わせ、何食わぬ顔で食事を楽しめるほど大翔の心は広くない。

それでも今日こうして出席しているのは、美咲の後押しがあったのと、万が一佐奈に会ったところでなにもないと証明して安心させたかったからだ。

なんの感情も抱いていないとはいえ、過去の恋人がいるかもしれない場に送り出す不安を今の大翔はとてもよく理解できる。そして同じくらい、相手の行動を制限したくないという感情も。だからこそ美咲の厚意を汲んで、同窓会に出席することにしたのだ。

すぐに幹事に連絡をとって出席したい旨を伝えると快く承諾してもらえたし、美咲も笑顔で送り出してくれた。それなのに……。

「スマホ忘れて美咲に届けてもらうって、どういうわけだ」

大翔が隣にいる篤志を睨むと、彼はバツが悪そうに眉間に皺を寄せた。

「そう怒るなよ。悪かったって言ってるだろ」

土曜日の今日は大翔と篤志だけでなく美咲も休みだったため、昼間は大翔の家で三人で昼食をとった。

その後、同窓会に向かうためふたりでタクシーに乗り込んだはいいが、ホテルに着く直前で篤志がスマホを忘れたと気づいた。

大翔は『一日くらいスマホがなくてもいいだろ』と窘めたが、篤志は大翔のスマホで美咲に連絡を取り、ソファに置き忘れた自分のスマホを持ってきてほしいと頼んだのだ。『もう、仕方ないなぁ』という彼女の可愛らしい声が漏れ聞こえていた。

「さすがにTシャツにジーパンでは来られないだろうし、着くまであと三十分くらいはかかるな。受付も済ませておくか」

篤志は美咲との通話を終え、スマホをこちらに返してきた。ホテルの車寄せでタクシーから降りた大翔と篤志は、会場のあるフロアへ上がるためにエレベーターホールへ向かう。

万が一にも美咲が佐奈と鉢合わせてしまったら……。言いようのない不安感が胸をよぎるが、彼女の『大丈夫』という言葉を信じることにした。

篤志とふたりで会場に入る。

「おー、佐伯。各務も来たのか！　久しぶりだな」

受付を済ませ、ウェルカムドリンクを受け取って会場内を進むと、すぐに何人かの友人に囲まれた。

数年会っていなくても、学生時代を共に過ごした彼らとは不思議とブランクを感じずに話ができる。互いに近況報告をして、他愛のない話で盛り上がった。

それから恩師と幹事から簡単な挨拶と乾杯の音頭があり、各自食事を取り始める。

仲間内でもひと通り仕事の話が尽きると、徐々にプライベートな話題へと移っていった。

「俺たちも結婚をせっつかれる年になったよな」

「わかる。上司にも聞かれるわ、いい人はいないのかって。妻帯者は転勤しなくて済んだりするしな。パイロットはそういうのはないのか？」

友人のひとりに尋ねられた篤志が「言われたことはないな」と答えた。それに大翔も頷く。

「俺もないけど、お節介を焼きたがる人間はどこにでもいるからな」

ふと長嶋の顔が脳裏に浮かんだ。

彼は結婚を急かすようなことはないが、『仲人が必要ならおふたりで依頼に来てくださいね。各務くんの骨抜きになっている顔をもう一度間近で拝めるチャンスですから』などと言って大翔をからかっている節がある。

とはいえ目指すべきMFFパイロットの先輩として、なにかと気にかけてもらえるのはありがたい。

「佐伯と各務は結婚の予定はないのか？　パイロットなら美人CAとか選び放題だろ」

美人CAに興味はないが、結婚の予定ならある。そういえば、そろそろ美咲が到着する頃だろうか。

大翔がスマホを確認しようとした時、入口付近から場違いな甲高い笑い声が響いた。

理工学部はほとんどが男性で女性の割合は二割にも満たないため、会場内の女性は嫌でも目立つ。視線を向けると、佐奈がいるとすぐにわかった。

相変わらず派手好きなのか、体形を拾う真っ赤な細身のドレスを纏っている。

「あれ、北見か。今年は出席したんだ。すごいドレスだな」

「子持ちであのスタイルはすごいよな。離婚裁判でゴタゴタしてたのって去年だったか？」

周囲の友人たちの会話から佐奈の近況が聞こえてきたが、大翔はそっと視線を外した。

どれだけ扇情的なドレスだろうと、サクラ航空をやめたあとに彼女がどうしていようと、大翔には関係ないし微塵《みじん》も興味がない。

(彼女が会場にいるのなら、ラウンジで受け取るか)

友人たちの話によると、佐奈は去年離婚したらしい。ダブル不倫で裁判にまでもつれ込み、子供の親権を押しつけ合っていたのだとか。

それ以上聞くに耐えず、いったんこの場を抜けると告げようとした瞬間、「どうしてあなたがこんなところにいるの?」という険のある声が響き渡る。

そちらを見ると、佐奈が向かい合っているのは、篤志のスマホを手にした美咲だった。

(しまった、遅かったか)

大翔は自分の不手際に舌打ちした。

「兄に忘れ物を届けに」

美咲は驚いた顔をしているものの、冷静に受け答えをしている。

「どうだか。大方この同窓会の存在を知って、大翔に会えるとのこのこ来たんじゃない? 諦めが悪すぎると、滑稽を通り越して惨めに見えるわよ」

高慢な態度で美咲を見下す佐奈を目の当たりにし、過去もこうして彼女を傷つけていたのだと怒りに頭が沸騰しそうだった。

ふたりの間に飛び出していこうとした大翔の腕を掴んだのは、同じく怒りに燃える目をした篤志だ。

「おい、離せ」

「いいから。美咲だって成長してる。やられっぱなしじゃないはずだ」

過保護な篤志のこと、彼だってすぐにでも美咲のそばに行き返り討ちにしてやりたいだろう。それは篤志の表情を見れば一目瞭然だ。けれど、美咲に視線を向けると彼の言い分もわかる。

「大声で見当違いな話をするのはやめてください。私は兄に頼まれて忘れ物を持ってきただけです」

凛とした立ち姿で佐奈に反論する美咲は、もう悪意に屈して泣く少女ではない。

大翔は拳を握りしめ、美咲を見守ることにした。

「そう。だったらそれを渡してとっとと会場から出ていきなさい。場違いだってわかるでしょう？　それから、可哀想だから先に教えておいてあげるわ。大翔を探したって無駄よ。彼はもうあなたの手の届かない存在なの。いい加減、邪魔をするのはやめなさいね。あの時別れられて本当によかったって、彼はよく言っているもの」

現在進行形で交流があるのだと言外に仄《ほの》めかす口ぶりに、大翔の眉間の皺が深まった。さも真実のように大声で話す佐奈の様子に、周囲も何事かと視線を向けている。

「もちろん部外者ですからすぐに出ていきます。でも、ひとつだけ訂正させてください。私は大翔さんの邪魔をしたことは一度もありません。八年前も、今も」

「なんですって？」

「あの頃の私は、確かに子供でした。あなたの言葉を真に受けて、不安になって大翔さんを傷つけた。でも、もう同じ間違いはしません。彼が私と別れてよかっただなんて、言うはずがない」

反論され苛立った佐奈は、これまで以上に大声でなじり始めた。

「調子にのらないで！　まるで私が嘘をついていたみたいな口をきくのね」

「嘘ではないと？」

「当然じゃない。あなた、鏡を見たことある？　あなたと私、彼がどちらを選んだかなんてわかりきってるでしょう！」

激昂《げっこう》する佐奈に対し、美咲は冷静に切り返す。

「私は大翔さんを信じます。彼に愛されているのは、私です」

悪意ある言葉に惑わず、ただ大翔を信じて佐奈に立ち向かう美咲に、大翔は胸が熱くなった。

「お前が、美咲を変えたんだな」

大翔と共に少し離れた場所で見ていた篤志が、小声で呟いた。大翔の腕を掴んでいた手から、するりと力が抜ける。

「あとは頼むぞ」

「あぁ」

大翔は力強く頷くと、ふたりの方へと歩みを進める。

最初にこちらに気づいたのは、佐奈だった。

「えっ、大翔?」

気安く名前で呼ばれるのも不快で、眉間に皺が寄る。

しかしそれに気づかぬ佐奈は、嬉しそうに目を細めた。

「ここ数年は欠席だって聞いていたのに、今年は参加していたのね」

先ほどまで怒りに任せて大声を出していたとは思えないほど、にこやかに声をかけてくる。

一方の美咲はというと、同窓会という衆人環視の中で佐奈と派手にやり合ったのが気まずいのか、俯いて小さくなっている。

(いや、違うな。最後の啖呵《たんか》をきった自分のセリフを俺に聞かれたと知って照れてるのか。可愛すぎるだろ)

大翔に愛されているのは自分だと言いきった美咲を見て、大翔がどれほど嬉しかったか。

愛おしさから美咲に手を伸ばそうとしたのを、佐奈が遮って話しかけてくる。

「聞いたわよ、イギリスの航空会社にスカウトされたんですってね。すごいじゃない。それなのにどうして日本に戻ってきたの？　向こうのほうが年俸も高いし、海外で活躍しているほうがパイロットとしても箔《はく》がつくのに」

そんなくだらない理由でパイロットをしているわけじゃないと、わざわざ彼女に説明する義理もない。相変わらず相容れない価値観だと、嫌悪感が増した。

「私ね、去年やっと元夫と離婚が成立したの。実業家でいくつも会社を持っていたんだけど、よくわからない投資話に騙されて一文なし。おまけに私以外にも何人も女がいたのよ。信じられる？」

大翔が距離を置き、冷ややかな視線を向けているのにも気づかず、佐奈は一方的に話し続ける。

「ねぇ、大翔。私とやり直して、また海外のエアラインへ移る気はない？　英語はもちろんフランス語ならなんとかなるし、海外に移住してみたかったの。なにより、私なら大翔の仕事を理解して支え——」

「いい加減にしてくれ」

大翔の苛立った低い声に、佐奈が細い肩をビクッと揺らした。

「悪いけど、そんなくだらない冗談を聞く気はない」

「やだ、どうして冗談なんて……」

「どうして？　それは俺が聞きたい。八年前、そして今も、美咲になにを吹き込んだのか忘れたのか？」

怒りを押し殺したような低い声が、周りの空気を震わせる。

会場中がしんと静まって成り行きを見守っている中、唯一篤志だけが嘲笑するように口の端を上げて佐奈を見たあと、我関せずとばかりに料理を口に運んでいた。

「は、八年前って……いったいなんの話？」

うろたえた佐奈がしらをきるが、大翔は鋭い眼差しを向けたまま言い放つ。

「俺は北見と夜中に電話でやりとりした覚えはないし、プライベートで会う約束をしたこともない。俺にとって大切な女性は、八年前も今も美咲だけだ。当然、別れてよかったなんて発言もしていない」

「今もって……まさか、まだこの子と……？」

佐奈が驚愕の表情で美咲を振り返る。

大勢の同級生のいる前できっぱりと拒絶され、佐奈の顔はみるみる赤く染まっていく。

「こんな平凡な女のどこがいいのよ！　顔もスタイルも学歴も、なにもかも私のほうが上じゃない！　当時のあなただって、この子を子供だと思ってたから訓練前に見切りをつけて別れたんでしょう？」

「見切りをつけられたのは俺のほうだ。悪意ある嘘を吹き込まれて、不安になっているのに気づいてやれなかった。それは俺の落ち度だし、今さら八年も前のことを謝れとは言わない」

ヒステリックに甲高い声で騒ぐ佐奈とは対照的に、大翔は凄みのある低音で淡々と告げた。

「その代わり、男漁りがしたいなら別のところでしてくれ。今後二度と俺たちの前に姿を見せるな。復縁なんて以《もっ》ての外だし、声をかけられるのすら不愉快だ。それから」

いったん言葉を区切り、大翔は美咲に視線を向ける。

「俺にとって美咲は世界中の誰よりも可愛いし、唯一の女性だ。比べるまでもない」

「な、な……っ」

怒りと羞恥で小刻みに震え、それ以上なにも言えなくなった佐奈に目もくれず、大翔は俯いたままの美咲のそばへ歩み寄る。

「大丈夫か？」

「……恥ずかしくて、顔が上げられません」

予想外の返答に、大翔は噴き出すように笑った。もはや美咲にとって佐奈は眼中になく、大翔の発言によって盛大に照れているのだと知ると、彼女の心を占めているのは自分だけなのだと実感できてとても気分がいい。

佐奈がなにか捨てゼリフを言いながら会場を出ていったようだが、大翔はその後ろ姿すら視界に入れなかった。

嵐が過ぎ去り、ようやく美咲が篤志にスマホを渡すと、彼は「大立ち回りだな」と妹をからかった。

「やめてよ、もう。本当に恥ずかしい……。私、帰るね」

「じゃあ俺も一緒に帰るよ」

大翔がエスコートするように美咲の背に手を伸ばすと、彼女は驚いて首を横に振った。

「まだ始まったばかりですよね？　私はひとりで帰れるので、楽しんできてください」

彼女の気遣いを無下にするのは忍びないため、大翔は渋々頷く。美咲は「お騒がせして申し訳ありませんでした」と頭を下げ、会場をあとにした。

彼女の退席後、成り行きを見守っていた友人たちから質問攻めにあったのは言うまでもない。美咲が篤志の妹だと知ると、その場はさらに盛り上がった。

散々惚気て周囲をげんなりさせた頃合いで、大翔は篤志の隣へと移動した。

「及第点だな」

篤志は口の端を上げる。先ほどの佐奈との一件を指しているのだろう。

「俺に厳しすぎないか？」

「可愛い大事な妹を任せるんだ。当然だろ」

「シスコンも大概にして、早く本当に同棲する相手でも探したらどうだ？」

「余計な世話だ」

軽口をたたき合い、旧友とわいわい話す時間は思いの外楽しく、あっという間に過ぎていった。

二次会の誘いを断り会場をあとにした大翔は、すぐさまタクシーで自宅へと向かう。

「ただいま。美咲？」

玄関からリビングへ向かうと、電気はついているもののしんと静まり返っている。

時刻は午後八時半。寝るには早すぎるし、キッチンを見るとひとりで食事をした形跡があるため、どこかに食べに行っているという線もない。

洗面所やトイレも真っ暗で、バスルームを覗いてみたが今日はまだ使用していないようだ。

大翔は美咲の私室のドアをノックし、そっと開けてみる。しかし部屋に明かりはついておらず、ベッドも空っぽだった。

彼女と気持ちを通わせて以降、寝室を一緒にしようと提案したものの、美咲は『大翔さんの睡眠の邪魔をしたくないので、これまで通り別々にしましょう』と断り、大翔が休みの前日に誘わない限りは自室で眠っている。

それを寂しく感じていたが、パイロットという仕事に対する彼女なりの配慮なのだとわかるため受け入れていた。

（もしかしたら……）

はやる気持ちを抑えて寝室へ向かい、ベッドの上に視線を移した大翔はがっくりとうなだれる。そこには大翔のパジャマを胸に抱いてうたた寝する美咲の姿があった。

「……ったく。可愛すぎるだろ」

大翔はそこでようやくジャケットを脱ぐと、ベッドの端に腰掛けて美咲の髪を撫でる。

以前付き合っていた頃、背中まである長い髪を指で梳《す》くのが好きだった。艶やかな黒髪なのは変わらないが、今は肩につく程度の長さで、ひとつに結んでいることが多い。

美咲は佐奈の悪意に満ちた言葉を信じてしまい、長かった髪をバッサリ切った。それ以来、伸ばすことはなくなったという。

「長かろうと短かろうと、こうして触れたいと思ったのは美咲しかいない」

愛しげに何度も撫でていると、美咲のまぶたがゆっくりと持ち上がる。

「起きた？」

「……ひろと、さん？　あっ」

彼女はガバッと飛び起き、現状を認識するやいなや、持っていたパジャマに恥ずかしそうに顔を埋めた。

その様子がたまらなく愛おしくて、大翔は美咲に覆いかぶさるようにして抱きしめる。

「美咲からこっちの寝室に来てくれるなんて珍しい」

「す、すみません。洗濯物を持ってきただけのつもりだったのに……」

「パジャマじゃなくて、本物に抱きついてくれていいんだけど?」

からかうように言うと、美咲は大翔の背中をぺしっとたたいたあと、そのまま
ぎゅっと抱きしめ返してきた。

「おかえりなさい。早かったですね」

「あんな熱烈な告白を聞いたら、呑気《のんき》に二次会なんて行ってられない」

顔は見えないけれど、美咲は会場でのことを思い出したのか耳まで真っ赤だった。

(本当に……可愛すぎて困る)

彼女の顔を上げさせると、唇に自らの唇を押し当てる。舌先で唇の合間をこじ開け、
舌を見つけ出して絡ませた。何度も何度もキスを交わす。

「ありがとう、俺を信じてくれて」

「ん、大翔さん……」

呼吸をも奪うような激しい口づけを仕掛けた大翔を、美咲はそのまま受け止めてく
れる。その従順さや健気さに愛おしさが募り、自分の激情を抑えられそうもない。

「好きだよ、美咲」

美咲と一緒に暮らし始めて、もうすぐ三ヶ月が経つ。当初は彼女の気持ちがこちら
に向いていなかったため、どれだけ抱きたくともその身に触れるわけにはいかなかっ

た。

大翔が欲しかったのは美咲からの信頼と愛情であり、身体だけではなかったから。

しかし過去に恋人として愛し合った甘い記憶があるからこそ、同居しながら彼女に触れられない生活は相当な理性と忍耐力が要された。

寝起きのあどけなさや風呂上がりの無防備な姿などを見せつけられるたびに、何度このまま寝室へ連れ込んでしまいたいとよこしまな願望を抱いたか知れない。

そして再び愛を伝え合うようになって一ヶ月。それまでの理性と忍耐が音を立てて決壊し、今ではほんの少しの我慢さえできない有り様だ。

「好きだ」

「大翔、さん……私も、大好き」

キスだけで潤んだ瞳がこちらを見上げている。計算ではないだろうが、その上目遣いに狂おしいほどの欲求が頭をもたげてくる。

そのままベッドに押し倒すと、美咲が「あ、シャワー……」と慌てた様子を見せる。

「あとで一緒に入ろう」

「えっ」

「ごめん、もう待てないんだ」

大翔はこらえ性のない自分自身に呆れつつ、抗えない欲求に従って美咲に愛を注ぎ尽くした。

＊　＊　＊

羽田からウィーン国際空港に降り立ち、空港内の一室でデブリーフィングを終えると、その日の業務は終了となる。

「長嶋キャプテン、筒井《つつい》キャプテン、各務さん、お疲れ様でした」

「山口《やまぐち》さん。お疲れ様でした」

「これからみんなで食事に行くんですが、よかったらご一緒にいかがですか？」

声をかけてきた山口は、四十代の女性チーフパーサー。よく気のつく彼女は機長からの信頼も厚く、大翔も頼りにしているクルーのひとりだ。

「キャプテンたちはどうされますか？」

大翔が一緒に乗務していた長嶋と筒井に尋ねると、筒井が「申し訳ないが、今回はパスします。ぜひまたの機会に誘ってください」と頭を下げた。彼も長嶋と同年代のパイロットだ。

それに続き、長嶋も「僕も」と肩を竦めて笑った。

「実はウィーンには古い友人がいましてね、今夜は約束があるんです。各務くんの参加を期待しているCAさんには申し訳ないけれど」

「キャプテンが同席しないと各務さんが釣れないのは有名な話ですからね」

「……釣れないって。俺は魚ですか」

「でも素敵だと思いますよ。パートナーを不安にさせたくなくて、無闇に女性と行動しないようにしているんですよね。CAの中には、やはり将来有望なパイロットをゲットしたいと考えてる子もいますから」

既婚者である山口は苦笑したあと、「あ、今日はそういう狙いを持った子はいないと思いますけど」と付け足した。

彼女の言う通り、本当に必要な情報交換の会であれば事前に美咲に知らせた上で出席しているが、完全にプライベートの食事会にはあまり顔を出してこなかった。

「では、お三方とも不参加ですね」

「あ、俺は参加してもいいですか？」

「えっ？」

山口だけでなく、長嶋や筒井までもが驚いた顔をした。三人の様子に、大翔はこれまでの協調性のなさを反省する。

「珍しいですね。どういう心境の変化ですか？」

長嶋の問いかけに、同窓会の夜にあった美咲とのやりとりが脳裏に蘇る。

寝室で情熱的に抱き合ったあと、美咲は『もう不安な気持ちは少しもないです』と微笑んだ。

『だからステイ先でも、必要以上に私に気を遣わないでくださいね。父がよく言っていました。飛行機を飛ばしているのはパイロットだけじゃない、チーム一丸となって飛ばしているんだって。私、大翔さんのお仕事の邪魔はしたくない』

そう話す美咲は凛としていて、見惚れてしまうほど美しかった。

『私は大翔さんを信じています。だから、大翔さんも私を信じてください。もう些細なことで不安になるような子供じゃないし、唐突に別れを切り出すなんて絶対にしません』

そう強く言いきる彼女の言葉を聞き、下心の見えない純粋な食事の誘いならば無下に断る必要はないと考えを改めたのだ。

「仕事仲間相手に、不必要に壁を作るのをやめようと考えを改めたんです。もちろんトラブルは避けたいので、必要に応じて自衛はするつもりですが」

「なるほど。恐ろしいほどにモテるからね、各務くんは」

筒井が感嘆して呟くのを穏やかに頷きながら、長嶋はにこりと笑った。

「しかし、いいと思いますよ。この仕事は僕たちパイロットだけでは成り立たない。一緒に乗務しているＣＡや安全を守ってくれる整備士、地上で指示をくれるディスパッチャーや管制官、他にもさまざまな人たちの働きのおかげでようやく一機の飛行機が飛べるんです。彼らとの交流は、各務くんをさらに高みへと押し上げてくれるはずです」

「はい」

「各務さんが煩わしい思いをしないよう、私も目を光らせておきます」

山口の頼もしい発言に、これまでの不義理のお詫《わ》びと感謝を込めて頭を下げた。

「ありがとうございます」

美咲を不安にさせるような真似は決してしない。けれど彼女が応援してくれるのなら、貪欲に自己を高め、長嶋のようなサクラ航空を担うパイロットになる努力を惜しまない。

大翔は改めてそう決意したのだった。

翌日は空港近くのホテルにステイし、さらにその翌日の午後七時十分、定刻通りにウィーン国際空港を出発した。羽田空港には午後一時頃の到着予定で、約十二時間半に及ぶフライトだ。

国際線は国内線と違い、機長二名、副操縦士一名の計三名が乗務し、交代で操縦席に座る。長距離フライトは集中力を保つためにしっかりと休憩をとったり、自動操縦の間に会話をしてリラックスすることも大切にしている。

とはいえ、自動操縦の間はなにもしなくていいというわけではない。旋回する角度が正しいか、上限を超えるスピードが出ていないか、常に計器を確認し、入道雲などが現れればそれを避ける操作をしなくてはならない。

あと三十分ほどで着陸となる現在、PMを長嶋が、PFを大翔が担当していた。

事前のブリーフィングでは天候に問題はなく、東京の空もよく晴れているという予測だった。偏西風の影響を受け、予定よりも十分ほど早く到着する予定だ。

安定した飛行を続けていたはずが、突然コックピットに大きな警告音が鳴り響いた。

アイキャスと略されるモニタリング装置は、油圧系統、空気系統、電気系統、燃料系統、さらに降着装置の状態などを監視し、異常発生時に警告を発する。

四つあるモニターのうち、右から二番目にあるモニターの左側に【warning】と警告メッセージが表示されていた。

コックピット内は一気に緊迫した空気となり、思わず身体が硬直する。しかし、こういう時のための訓練を何度も何度も繰り返し受けてきたのだ。

(大丈夫だ。落ち着け)

大翔は大きく息を吐き出した。

「まずは現状把握をしましょう」

「はい」

冷静で頼もしい長嶋の声に頷き、トラブルの原因を探る。落ち着いて計器を確認していくと、すぐに右エンジンに異常があるとわかった。電気系統にトラブルが認められ、このままだと左のエンジンにも影響が出かねない。

(一刻も早く着陸しなくては)

長嶋と対処を確認し合いながら、徐々に右エンジンの出力を絞っていく。その反動で機体が左に流されないよう機体を安定させなくてはならないため、自動操縦から手動に切り替えた。

操縦桿を握る手に力がこもる。操縦桿を左にきると不安定に揺れたが、なんとか機体は平衡を保つことができた。

すでに高度を下げ始めているため、長嶋は管制官と通信し意見を交わしている。

副操縦士として空を飛び始めて六年経つが、こんなに重大なトラブルは初めての経験だった。間もなくして羽田空港が見えてくると、再びじわりと恐怖心が湧き上がってくる。

そんな時、脳裏に浮かんだのは美咲の笑顔だった。

『今日も無事に帰ってきてくれてありがとうって気持ちを込めて、おいしいご飯を作って待ってますね』

彼女のもとに帰り『ただいま』と言う。一緒に食卓を囲む。そうした幸せな日常を、自分だけでなく乗員乗客の誰ひとりとして奪わせはしない。

飛行機は最も安全な乗り物。その信頼を、決して裏切ってはいけないのだ。

(必ず無事に降ろしてみせる)

「各務くん」

長嶋に呼ばれ、大翔はピンと背筋を伸ばす。

「はい」

「羽田に着いたら、おいしいコーヒーで乾杯しましょう」

お茶目な彼らしい激励に、大翔から無駄な力みが抜けた。大翔は口もとに笑みを浮かべて答える。

「美咲はもうあの店には立ってませんよ。それに今日は彼女が夕飯を作ってくれているはずなので。またの機会に誘ってください」

「それは残念です。でも食事を作って待ってくれているのなら、早く帰らなくてはいけませんね」

「俺だけじゃなく、この機に乗っている全員を、大切な人のもとへ必ず返します」

大翔は正面の計器と操縦桿から視線を逸らさないまま、大きく頷いた。

8. 信じる力

七月二週目の土曜日。美咲は篤志に誘われ、ふたりでランチを食べに出かけた。一緒に住んでいた頃は珍しくもなかったが、こうしてふたりで出かけるのは篤志のマンションを出て以来なのでかなり久しぶりだ。

大翔は一昨日の昼からウィーンへ行っていて、帰国は今日の午後の予定だ。彼を仕事終わりにピックアップして夕飯は三人で食べようという篤志の案に賛成し、ふたりはランチを終えたあと、羽田空港の展望デッキにやってきた。

夏の日差しが眩しいけれど、よく晴れた青い空に飛行機がよく映える。

「こっちに来るのは久しぶりだ」

「JCAは第二ターミナルだもんね」

土曜日だからか、カップルや家族連れなどデッキには多くの人がいた。

美咲は見慣れているためなにも思わないが、篤志も大翔に負けず劣らずとても目立つ容姿をしている。ベンチに並んで座っていると、周囲の女性の視線をビシビシと感じた。

「相変わらず目立つね、お兄ちゃん」

「そうか？」

「お兄ちゃんは年々お母さんに似てきてる気がする。私もお父さんじゃなくてお母さんに似てたら、もう少し美人だったかなぁ」

「そんなこと言ったら親父が泣くぞ。それに美咲は今のままで十分だろ」

さらっと褒められ、美咲はくすぐったさに肩を竦めた。相変わらず、兄は自分に甘い。

「そういえば、同窓会の日は悪かったな」

「ううん。もういいよ、その話は」

美咲が遮ると、篤志はおかしそうに笑った。

同窓会での一件は、もう振り返りたくない。佐奈との再会に驚いた直後、彼女から明らかな嫌みをぶつけられた。嘘を大声で喚《わめ》く彼女に対し抱いた感情は、羨望や嫉妬心ではなく、呆れと怒りのみ。

八年前の美咲にとって、佐奈は美人で仕事のできる完璧な女性だった。だからこそ敵わないと思ったし、彼女の言葉が正しいのだと不安になった。

けれど先日対峙《たいじ》した時は大人の女性とは思えない自己中心的な振る舞いで、なぜ彼女に対しあれほどまで劣等感を抱いていたのかと疑問に感じた。

とはいえ、あんなにたくさんの人の前で『愛されているのは自分だ』などと言い放つなんて、冷静になった今では恥ずかしすぎて穴があったら埋まりたい。

きっとあのやりとりを兄も見ていたに違いない。

「派手なドレス着て、断られるとは微塵も思わずに大声で復縁を迫ったのに、あっさり返り討ちだもんな。大翔を止めてよかったよ」

「大翔さんを止めた？」

聞けば佐奈が美咲に言いがかりをつけてすぐに大翔がふたりの間に飛び出そうとしたのを、篤志が止めたらしい。

「自分で言い返したほうがスッキリしただろ？　まぁ、結局はあいつが出ていってとどめを刺したけどな」

同窓会での大翔の言葉の数々を思い出す。

『俺にとって大切な女性は、八年前も今も美咲だけだ』

『俺にとって美咲は世界中の誰よりも可愛いし、唯一の女性だ』

嬉しさと同じくらい、羞恥で顔がぶわぁっと熱くなる。

「聞いているこっちが恥ずかしくなった」

「もうっ。茶化さないでよ」

クッと喉奥で笑う篤志をじろりと睨みつける。

「前にも言ったが、そのくらいじゃないと美咲を任せられない。もうあんなふうに落ち込むお前を見たくないからな」

「お兄ちゃん」

からかってはいるが、それが兄の本心なのだとわかる。

「まさか北見が原因だったなんてな。当時聞いていれば、俺が二度と美咲の前に出てこられないようにしてやったのに」

「怖い怖い。別に北見さんだけが悪いわけじゃないよ。大翔さんに確認せずに、勝手にひとりで不安になってた私も悪かったの」

「ったく。お前はすぐにそうやって自分を責める」

「もう終わった話はいいじゃない」

美咲は強引に話を引き取ると、「それより」と隣に座る篤志ににじり寄った。

「この通り、私はもう幸せだから。お兄ちゃんもそろそろ自分のことを考えてね」

「ん？」

「お兄ちゃんの彼女ってどんな人？　結婚の話とか出てないの？　いい加減教えてよ」

「あぁ」

篤志はなにか思い出したようにクスッと柔らかい顔で笑った。兄のそんな顔をこれまで見たことがないため、美咲は余計に気になってくる。

「彼女は管制官なんだ」

「管制官？　じゃあ、空港で出会ったの？」

「いや。初めて会ったのは空港じゃなくて――」

篤志の言葉が不自然に途切れた。彼は急に立ち上がると、それまでの穏やかな表情を一変させ、厳しい顔をして滑走路を睨んでいる。

「お兄ちゃん？」

美咲が不思議に思って篤志の視線の先に目を向けると、空港ではあまり見慣れない【航空局】と書かれた消防車が滑走路に入ってきたところだった。数台の消防車に続いて救急車などの緊急車両が滑走路脇に待機しているのも見える。

「なに、あれ……」

「滑走路が閉鎖されたな。なにかトラブルがあったんだろう」

そう言いながら、篤志が視線を空へ向けた。美咲も同じように空を見上げると、目視できるギリギリの位置にある一機の飛行機がこちらに向かってきているのがわかった。

よく見ると、機体の右側に黒く細い煙がうっすらと立ち昇っている。

「おそらくエンジントラブルだな」

ゾクッと身体が震えた。

滑走路を閉鎖し緊急車両が配備されている状況は、最悪の事態になる可能性があるということを示している。

父も兄もパイロットである美咲は、そういったリスクが常に伴う仕事だと理解していた。特に父は長年フライトをしていたため、バードストライクや悪天候などで何度かトラブルの経験があるらしい。

けれど、こうして実際に緊迫した空港を目の当たりにすると、言いようのない不安と恐怖に襲われる。さらに隣から聞こえた声が、美咲の恐怖心に追い打ちをかける。

「……マジか」

「な、なに？」

「あれ、サクラ航空の飛行機じゃないか？」

ハッとして目を凝らすと、確かに徐々に近づいてくる機体のボディに、桜の花をイメージしたピンクと淡いグリーンのラインが見える。

「787……大翔が乗ってる便だろう」

美咲は口もとを覆って篤志を見た。

血の気が引くとはこういうことを言うのだろう。目の前が真っ白になり、頭がぐらりと揺れた。

滑走路の物々しい雰囲気や徐々に近づいてくる飛行機から煙が出ているのに気づいた人たちが、口々になにか叫びながら空を指差したりカメラを構えたりと騒ぎだす。

「あれに、大翔さんが乗ってるの……？」

不安と恐怖で息が苦しくなり、足がガタガタと震えて立っているのがやっとの状態だった。

自分の心臓の音がやたらと大きく聞こえ、まるで地震のように世界が揺れている感じがする。

美咲は自分の胸もとをぎゅっと握りしめ、着陸態勢を整えつつある飛行機を見つめ続けた。風に煽られているのか、機体が安定していない気がする。

緊張してじわりと汗が滲み、口の中がカラカラに乾く。

「美咲、大翔なら大丈夫だ」

「お兄ちゃん……」

「飛行機はたとえエンジンがひとつダメになったとしても、安全に飛べるように設計されてる。それに、こういう非常事態の時にでも冷静に対処できるようにパイロットは厳しい訓練を受けてきたんだ」

所属する会社は違えど、同じ誇りを持つパイロットとして、篤志は「大丈夫だ」と大きく頷いた。

その頼もしさに、以前大翔が彼と同じような表情で話していた姿が脳裏に浮かぶ。

『俺たち乗務員はその信頼を裏切らないために最大限努力する責任や義務があるし、安全を守るために必死に訓練を受けてきたんだ。旅行や仕事で利用する人、大切な誰かに会いに行く人、飛行機に乗るすべての人の安全を守る仕事に携わっていると思うと、どれだけ大変でもやり遂げたい』

そう話す彼は、パイロットとしての誇りと自信に満ちていた。それは普段のストイックな努力に裏打ちされたものに違いない。

（私にできるのは、信じて待つこと。そして『おかえりなさい』と迎えること。大翔さんなら絶対に大丈夫）

美咲は深く息を吐くと、両手を胸の前で組んで空を見上げた。

「ビルの中ならもう少し詳しい情報が聞けるかもしれない。行ってみるか？」

「ううん。ここで大翔さんが無事に着陸するのを見てる」

「そうか」

篤志にそう宣言している間にも、サクラ航空の機体がゆっくりと下降してきた。

ざわめいていたデッキの人々も今は水を打ったように静まり返り、固唾をのんでその様子を見守っている。近づくにつれて黒煙が色濃く見え、その不穏さに緊張が増した。

「風も弱いし、ランディングギアも出てる。問題ないはずだ」

着陸態勢に入った飛行機を見ながら励ますように伝えてくれる篤志の声も、心なしか緊張で硬くなっている。

美咲や篤志、デッキにいる人々の祈るような視線を浴び、機体は滑走路に降り立った。

接地した瞬間がわからないほど滑らかに着陸し、多少左右に揺れながらも徐々に減速していく。やがて飛行機は完全に停止した。

「無事、なんだよね……？」

「あぁ。あとは降機だけだ」

エンジンから黒煙が出たままのため、飛行機はビルから離れた場所で停止している。

ボーディングブリッジとは繋がず、飛行機から降りてきた乗客は待機していたバスで順番に運ぶようだ。

（大翔さんは……？）

すべての乗客が降機したあと、十数名のＣＡ、そして三名のパイロットが降りてくるのがデッキからもよく見えた。その様子を見守っていた人たちから、自然と大きな拍手と歓声が沸き起こる。

「もう大丈夫だ。力を抜け」

ぽんと背中をたたかれて初めて、全身に異常なほどの力が入っていたのだと気づいた。

美咲は胸の前で組んでいた手から力を抜く。強く握りすぎていたのか、唐突に血が通い始めた指先がじんと痺《しび》れた。次いで肩で大きく息を吐き、ようやく安堵の気持ちが全身に染み渡っていく。

「よかった……」

バクバクと心臓が脈打ち、膝から崩れ落ちそうな心地がする。

周囲からは乗務していたパイロットへの称賛の声がいくつも聞こえた。張り詰めていた気持ちが緩んだせいで、目頭が熱い。

そんな美咲の様子を見て、篤志はくしゃくしゃと頭を撫でた。

「パイロットとして乗客全員を無事に降ろすという責任ももちろん感じているだろうけど、大翔は〝絶対に美咲のもとに帰る〟っていう強い気持ちで飛んでるはずだ。お前が一番に信じてやれば、あいつは必ず無事に戻ってくるよ」

篤志の言葉に、はっとして顔を上げた。

彼の想いを再び受け入れた時、美咲はなにがあっても大翔を信じようと決めた。あの時は周囲の噂や心ない言葉に惑わされまいという意味だったけれど。

（私は、どんな時でも大翔さんを信じてる。それが彼の力になるのなら）

「うん」

美咲は滲みそうになる涙をぐっとこらえながら、大きく頷いた。


その後、美咲と篤志は大翔を待たず空港を出た。

本来ならパイロットは着陸後のデブリーフィングを終えれば退勤となるが、エンジントラブルがあったのなら聞き取り調査などがあるだろうと篤志が教えてくれたため、予定を変更して先に帰宅したのだ。

「え？　お兄ちゃん、うちに寄っていかないの？」

「大翔はかなり疲れてるだろうし、今日は遠慮しておく。ふたりでゆっくりしろよ」

そう言って先にエレベーターを降りた篤志と別れたあと、大翔から【ごめん、トラブルがあって遅くなる】とメッセージが入った。

何時になるかはわからないけれど、美咲は【了解です】と返信して、通常の乗務勤務の日と同じように食事を作って待つことにした。

『私、大翔さんの乗務の日は、今日も無事に帰ってきてくれてありがとうって気持ちを込めて、おいしいご飯を作って待ってますね』

普段からそうした思いでいるつもりだけど、今日ほど実感したことはない。

黙々と料理をして、それが終わると気持ちを落ち着かせるために長めにお風呂に入る。

そうして夕方六時を過ぎた頃、ようやく玄関の扉が開く音がした。美咲はパタパタとスリッパの音を鳴らして廊下を走る。

「ただいま。遅くなって悪かった」

大翔が、自分のもとに帰ってきてくれた。低く甘い声を聞いた瞬間、美咲の瞳から大粒の涙が零れた。

「美咲」

「ご、ごめんなさい。泣くつもりじゃ……」

笑顔で出迎えるつもりだったのに、これでは疲れている大翔に余計な心配をかけてしまう。

乱雑に目もとを拭う美咲の腕を掴んだ大翔に、そのままそっと抱きしめられた。

「篤志から連絡もらったよ。デッキで見てたんだって？　飛行機から黒煙が上がってたらビックリするよな。心配させてごめん」

「……ビックリしたし、すごく心配しました。でも」

美咲は大翔の胸に手を当てて少し距離を取り、しっかりと顔を上げた。

「決めたんです。なにがあっても大翔さんを信じようって。だから、大翔さんなら絶対に大丈夫だって信じてました」

美咲が笑顔でそう告げると、目の前の大翔が驚いたように息をのんだ。

「……なんて、こんなふうに泣いてたら説得力もなにもないですよね。すみません、なんだか声を聞いたらホッとしちゃって」

「美咲」

背中に回されたままだった腕に力がこもり、先ほどよりも力強くぎゅっと抱きしめられる。

「ありがとう、俺を信じてくれて。美咲の存在があったからこそ、無事に戻ってこられた」

「お礼なんて……私はなにも」

「俺が乗務の日は、いつも必ず食事を作って待っててくれるだろ？　操縦桿を握りながら、絶対に美咲の待つ家に帰るんだって思ってた。美咲の存在が、俺を強くしてくれるんだ」

そう言って、大翔は美咲の髪を大きな手で何度も撫でる。彼の胸に顔を埋め、その心地よさに身を委ねた。彼の鼓動を感じながらなら、事故についても落ち着いて聞けそうだ。

「お兄ちゃんから、たぶんエンジントラブルだろうって聞きましたけど」

「うん。右エンジンの電気系統だった。さすがにまだ詳しいことはわからないから、これから詳しく調べるはずだ」

「着陸の時は、大翔さんが操縦していたんですか？」

「あぁ。隣には長嶋キャプテンがいてくれたし、心強かったよ」

大翔が着陸前の長嶋とのやりとりを聞かせてくれる。

まさか緊急事態のコックピット内で自分の名前が出ていたなんて驚きだが、先ほどの大翔の気持ちが嘘偽りないものなのだと、より実感できた。

「展望デッキで着陸を見守っていた人たちから、パイロットを称賛する声がたくさん聞こえたんですよ。私も、改めてすごいなって思いました。みんなの安全を守ってくれて、無事に帰ってきてくれて、ありがとうございます」

「……美咲」

「あっ、ごめんなさい。いつまでも廊下に立たせっぱなしで。ご飯できてるので、着替え――」

大翔の腕の中から抜け出そうとした瞬間、彼は軽々と美咲を抱き上げた。

「きゃっ！　ひ、大翔さん？」

大翔はしっかりした足取りで廊下を歩いていく。彼の向かう先が寝室だと気づいた美咲は、慌てて「下ろしてください」と身じろぎをしたがびくともしない。

そのままベッドまで運ばれ、抗議する間もなく唇を塞がれた。

「美咲が好きすぎて、どうにかなりそうだ」

キスの合間に囁かれる声に、身体の奥がきゅうっと疼く。美咲を見下ろす瞳には獰猛な男の色香が宿り、その視線に晒されるだけでゾクゾクする。

このまま身を委ねてしまいたくなるけれど、彼は今日十二時間を超える長距離フライトだったのだ。そこに重大なトラブルまで発生して、心身共に消耗しているに違いない。

「待って、大翔さん。帰ってきたばかりで疲れてるのに……ちゃんと休んだほうが」

「疲れてるからこそ、美咲に癒やされたい。無事に帰ってきたご褒美をくれるか？」

美咲の首筋や胸もとにキスを落としながら、まるで甘えるような上目遣いで懇願され、今度は胸を撃ち抜かれる。

（そんなふうに求められたら、なんでも許したくなっちゃう……）

美咲が大翔の珍しい表情に身悶《みもだ》えている間にも、大翔の指先や唇がいたずらに肌を暴いていく。

「美咲、返事は？」

「んっ、もう。そういうの、ずるいです……」

美咲は観念して、そっと大翔の頬に指を伸ばす。

「でも待ってください。まだちゃんと言えてない」

「ん？　なにを？」

「おかえりなさい、大翔さん」

満面の笑みで伝えると、彼もまた嬉しそうに笑ってくれた。

「ただいま、美咲」

何気ない日常の挨拶を交わせるのが、いかに幸せか。

美咲はその幸福を噛みしめながら、続きをねだるように自らキスをした。

エピローグ

エンジントラブルのあった日から十日ほど経った。

滑走路の一部を封鎖して緊急配備をしたため、当日は【サクラ航空28便、エンジンにトラブルも無事着陸】などと報道されていた。

しかし乗員乗客にけが人が出なかったことや、すぐにトラブルの原因を突き止め対応策を発表するなど迅速な対応もあって、報道番組ではあまり大きく取り上げられずにいたのだが。

「もう十日も前のことなのに、今さら飛行機から煙が上がってる写真がバズってるの？」

ここにきて、SNSを中心としたネット上で大きな話題となっているらしい。美咲は首をかしげ、向かいに座る理香に尋ねた。

デッキから見ていた人の中にはスマホを構えている人もいたし、その中の誰かがSNSにアップしたのだろうか。

大翔からトラブルの概要などを聞いたため、わざわざニュースサイトなどで今回の件を検索したりもしておらず、話題になっているのも今初めて知った。

今日は久しぶりに理香と休みを合わせて、ホテル『アナスタシア』のアフタヌーンティーに来ている。理香はティーカップをソーサーに戻し、テーブルの脇に置いていたスマホを手に取った。

「写真じゃなくて動画よ。一昨日アップされてから、すごい勢いで拡散されてるの。リンク送ったから、家に帰って見てみたらいいわよ」

「家に帰ったら？　そんなに長い動画なの？」

「ううん、五分くらい。でもそれを見つけてきた辻村くんとか葛西さんはキャーキャー悶絶して一日仕事にならなかったから。美咲も家に帰ってからの方がいいと思うわ」

クスッと笑う理香の言葉に、美咲は怪訝な顔をする。トラブルのあった飛行機のなにを見て悶絶するというのだろう。

気になったものの、せっかくのアフタヌーンティーを楽しんでいる最中に動画を見るなんて野暮はしたくない。

生ハムのタルティーヌやサーモンのキッシュなどのセイボリーと、桃のマカロンやメロンを贅沢《ぜいたく》にあしらったチーズケーキなどのスイーツが、馬車の形を模したケーキスタンドにまるでアートのように並べられている。

見た目のおしゃれさや美しさだけでなく、味ももちろん一級品。目と舌でしっかり味わって満喫したい。

「わかった、じゃあ帰ったら見てみるね」

いったん話題を保留とし、美咲と理香は目の前の素晴らしい料理に舌鼓を打った。


帰宅後。美咲は夕食の支度を終えるとソファに座り、理香から送ってもらったURLを開いた。

動画共有サイトのリンクだったようで、すぐに【サクラ航空28便　緊迫した雰囲気を和らげる機長の素敵なアナウンス】というタイトルの動画が再生される。

「……機長アナウンス？」

どうやら大翔が操縦していた便に乗っていた乗客が、トラブルに気づいて動画を撮っていたようだ。右側の座席に座る撮影者は、窓の外の様子を映そうとしているらしい。映像の下には【窓の外を見ると、黒っぽい煙が上がっていました。】とテロップが表示されている。

その後すぐに、機長のアナウンスが聞こえてきた。

『機長の長嶋です。先ほど右側のエンジンに異常があると判明しました。当機は右エンジンを停止し、左エンジンのみで飛行いたしております』

不穏な単語の連続に乗客がざわめいている。エンジンに異常があると言われれば、頭の中に〝墜落〟という最悪の事態が思い浮かぶのも無理はない。

テロップにも【この時、周りの乗客からは悲鳴や焦りの声があがっていました。】とある。先週の不安な気持ちが蘇り、ドキドキしながらスマホの画面を見つめた。

『この先、多少揺れることがございますが、飛行機は片方のエンジンだけでも安全に飛べるよう設計されております。我々パイロットも、そうした想定の訓練を行ってまいりました。どうぞご安心ください。みなさまにはシートベルトの着用を今一度確認していただき、着陸に備えていただきますようお願い申し上げます』

穏やかな声音と落ち着いた口調の長嶋の言葉に安堵が広がり、自然と耳を傾けていく様子が画面越しにも伝わってくる。

長嶋には一度会ったことがあった。美咲がカランドの空港店にヘルプで入っていた時に、大翔が彼を伴って店にやってきたのだ。大翔いわく、サクラ航空の中でも一、二を争う優秀なパイロットらしい。

（操縦桿を握っていた大翔さんはもちろん、声だけで乗客の心を落ち着かせる長嶋キャプテンも本当にすごい）

程なくして無事に着陸し、乗客の安心した様子が伺える。そして、万が一に備えて空港ビルから離れた場所に駐機するため、バスで移動する際の注意事項などが客室乗務員によってアナウンスされている。

なぜこの動画に辻村たちが悶絶していたのだろうという美咲の疑問は、再び聞こえてきた長嶋機長の声によってすぐに解けた。

『私の横で操縦桿を握る副操縦士の彼には、なんと八年越しに想いが通じた最愛の恋人がおります。孤高のパイロットとの異名を取っていた彼は、今や上司である私にも惚気てくるほど彼女に夢中な様子で、私はいつ結婚式のスピーチを頼まれてもいいよう心の準備を整えているところです』

急に始まった機長の雑談に、機内から小さな笑い声が聞こえてくる。

まさか機内アナウンスで自分の話題が出てくるとは思いもよらず、美咲は驚いて目を見張った。

『彼は愛する彼女のもとに帰るため、そしてみなさまを大切な人のもとにお送りするため、こうして安全に地上へとご案内した次第です。どうぞみなさま、今しばらくお待ちください』

機長のアナウンスに乗客から拍手が巻き起こり、動画は全面テロップに切り替わった。

【右エンジン停止という緊迫したトラブルにもかかわらず、機長のほっこりしたアナウンスに乗客はみんな安心していました。操縦していたパイロットさん、無事に降ろしてくれてありがとうございます。最愛の彼女とお幸せに！（笑）】

美咲はテロップを読みきると、動画サイトを閉じてスマホを脇に放り、両手で顔を覆った。恥ずかしいやら感動するやらで、じわじわと顔が熱くなる。

着陸時の長嶋とのやりとりは聞かせてくれたけれど、まさか機内アナウンスで披露されていたなんて予想外すぎる。

確かにこれを出先で見ていたら、恥ずかしくてせっかくのアフタヌーンティーを味わえていなかったかもしれない。

（辻村くんと葛西さんがはしゃいでたって、そういう意味かぁ）

理香いわく、エンジントラブルのあった便を無事に着陸させたのが大翔だという話は、たった数日で空港中を駆け巡ったらしい。彼らはこの動画を見て、件《くだん》のパイロットの相手が美咲であるとすぐにわかったはずだ。

（ふたりとも、大翔さんのファンみたいだからなぁ。大翔さんもお店に寄るたびに声をかけてるみたいだし）

美咲に対する大翔の溺愛ぶりは、彼らにとって格好の話題になっているのだろう。

次に店舗に巡回に行った際、どれだけからかわれるのかと思うといたたまれない。

ソファに転がり羞恥にジタバタしていると「どうした？」と尋ねられる。

唐突に声をかけられ、美咲はビクッと身体を跳ねさせた。

「ごめん、驚かせた？　玄関でも声をかけたんだけど」

「すみません、動画を見てたから全然気づかなかった」

慌てて起き上がった美咲の頭をぽんと撫でながら「ただいま」と笑う大翔に、美咲も彼を見上げて「おかえりなさい」と返す。

「ホテルのアフタヌーンティーはどうだった？」

「楽しかったです！　スイーツもおいしかったし、久しぶりに理香とゆっくり話せました」

「よかった。それよりスマホで動画を見てるなんて珍しいな。なに見てたの？」

「え？　あっ……」

美咲はためらいつつ、エンジントラブル時の機長アナウンスの動画がＳＮＳ上で話題になっていると理香から教えてもらったのだと伝える。すると、大翔はおかしそうに笑った。

「あぁ、長嶋キャプテンの。緊迫した雰囲気の中であのＰＡをするなんて、さすがベテランパイロットって感じだったな。同乗していたもうひとりの機長とかＣＡたちに、今度詳しく聞かせてって詰め寄られたよ」

「私も、次に空港店に行ったらスタッフの子たちにめちゃくちゃからかわれそうです」

「ははっ。辻村くんだっけ？　さっき店に寄ったら、レジで『今度女の子の口説き方教えてください』ってお願いされたよ」

美咲はぎょっとして目を見開いた。

「えぇ？　ったく、もう。すみません」

「いや。俺は美咲しか口説いたことがないから、他の女の子の口説き方はわからないってその場で断っておいた」

笑顔で肩を竦める大翔に絶句する。

断ったと言っているが、それは盛大な惚気でしかない。口笛を吹いて茶化す辻村と、頬を紅潮させて黄色い悲鳴をあげる葛西の様子が目に浮かぶ。

「大翔さん……！」

「ん？」

「……いえ、なんでもないです」

じろりと見上げたものの、大翔は悪びれずに微笑んだままだ。

ここでどんな反論をしたとしても、美咲が盛大に照れさせられる未来しか見えない。ここは深追いしないに限る。美咲は話題を変えることにした。

「あの、今日はどこかに寄ってきたんですか？」

大翔が持っていた見慣れない紙袋に目を向ける。

「これは美咲にお土産」

「わぁ、ありがとうございます。今日はパリ便でしたよね」

隣に座った大翔が、厚めで高級感のある濃紺の紙袋から中身を取り出す。

「ヴァンドーム広場でプレゼントを選ぶなんて定番すぎるかなとも考えたけど、美咲に似合いそうなものを見つけられたから」

てっきりパリのお菓子か紅茶が出てくると思っていた美咲は、大翔が手にする小さな四角い箱に息をのむ。

ヴァンドーム広場といえば『パリの宝石箱』と称されるほど有名な高級ブランドの本店が軒を連ねていることで有名だ。

そんな場所で購入した小さな箱。美咲の鼓動は否が応でも高鳴っていく。

「……開けても、いいですか？」

「もちろん」

艶のある黒いリボンをほどき、革製の箱を両サイドに開ける。

そこにはフランス革命よりも昔に創業されたパリ屈指のジュエラーが誇る、眩《まばゆ》いばかりの輝きを放つ指輪が鎮座していた。

「これ……」

「受け取ってくれる？」

細身で緩やかなV字のアーム、トップには大きく美しいダイヤモンド。世界中の王侯貴族を魅了する繊細なデザインと、貫禄すら感じるきらめきを放つ指輪を前に、美咲は息を止めて見入った。

（もしかして……）

これはエンゲージリングだろうか。期待が身体中を駆け巡り、小箱を持つ手が震える。

「美咲、結婚してほしい」

指輪から視線を上げると、大翔から熱っぽい眼差しが向けられていた。

以前、いつかきちんとプロポーズすると予告されてから、まだ二ヶ月も経っていない。美咲は隣に座る大翔を呆然と見つめる。

「パイロットをしている以上、この間みたいなトラブルがないとは言いきれない。もしかしたら、この先も美咲を心配させてしまうこともあるかもしれない。でも、俺は必ず美咲のもとに帰ってくる。絶対に美咲を大切にする。これから一生、俺と一緒に生きてほしい」

小箱から指輪を取り出して美咲の左手の薬指にはめると、大翔は優しげな笑みを浮かべてその指先に口づけを落とした。

まるで映画のワンシーンのようなシチュエーションも、彼にかかれば嫌みなく様になる。けれど、それをカッコいいとか素敵だとか思う余裕はなかった。ただ嬉しくて、胸がいっぱいで、言葉にできない想いが涙となってあふれてくる。

「はいっ……。私も、ずっと大翔さんと一緒にいたい……っ」

美咲が涙ながらに何度も頷くと、大翔が包み込むように抱きしめてくれた。

「それに、ずっとずっと、私が大翔さんの帰る場所でありたい」

一度は諦めた恋が今こうして実を結んでいるのは、大翔が諦めずに美咲を想い続けてくれたおかげだ。

ひたすらに愛を伝え、気持ちを疑う余地をなくし、信じさせてくれた。

「ありがとう。約束するよ、必ず美咲のもとに帰る」

「はい。信じてます」

顔を上げて微笑むと、彼の大きな手が頬をすべり、そっと涙を拭う。

「愛してる」

「私も、大翔さんを愛しています」

互いに愛の言葉を紡ぎ合い、ふたりは誓いのキスを交わした。

Fin.

特別書き下ろし番外編

雨の日の結婚式《大翔 Side》

その日は、朝からどんよりと厚い雲が覆っていた。

(予想はしていたが……やはり降ってきたか)

大翔は目の前の鏡から、ホテルの庭園を見渡せる大きな窓に視線を移す。

職業柄、天気は常に細かくチェックするため、数日前から雨になるのではと危ぶんでいた。自宅からホテルに来るまではかろうじて保っていたものの、ついに先ほどからしとしとと降ってきたようだ。

柔らかいオフホワイトで統一された壁紙とカーテン、クラシックな雰囲気の漂うヨーロピアン調の家具が配置された広々とした部屋は、このホテルにあるジュニアスイート・ブライズルーム。

今日、都内のホテルで大翔と美咲は結婚式をあげる。

去年の夏にプロポーズしてから、美咲の唯一の肉親である篤志に結婚の許可をもらい、大翔の両親に彼女を紹介してすぐに入籍した。

それから約一年、美咲の理想の結婚式にすべく、式場選びから妥協せずに準備を進めてきた。

よく結婚式の準備は大変だと聞くけれど、大翔にとってはすべてが楽しい時間だった。普段あまりワガママを言わない美咲の要望を叶えるチャンスだと張りきりすぎて、式場のスタッフに笑われたくらいだ。

けれどそのかいあって、美咲は式の日を指折り数えて楽しみにしてくれていた。

『あとちょうど二ヶ月後ですね』

『あと一ヶ月ですよ』

『もう来週だ……ドキドキする』

カレンダーを見ながら呟く彼女がたまらなく可愛くて、そのたびに我慢できずに抱きしめてしまった。

八年越しに手に入れた愛しい女性が、自分との結婚式を心待ちにしている。そんな状況に大翔自身もまた心が浮き立ち、今日という日を待ち望んでいた。

けれど、懸念点がなかったわけではない。

それがこの空模様だ。

結婚式当日である今日は、六月三週目の土曜日。つまり、梅雨真っただ中。

六月に結婚式を行うことをジューンブライドといい、その花嫁は幸せになれるというヨーロッパの古い言い伝えがある。

多くの女性が憧れているのは大翔も知っていたし、美咲もまたそうなのだろう。

彼女が『六月頃はどうですか？』と聞いていたのは、大翔の仕事上、旅行のハイシーズンとなる夏や冬を避けてくれたのもあるだろうが、ジューンブライドを意識していたのではないかと思っている。

だからこそ希望を叶えてやりたかったし、『当日雨になったら嫌じゃない？』なんて野暮なことは聞かなかった。

とはいえ、いかに美咲のためならなんでも要望を叶えようとしてきた大翔でも、天気まではどうしようもない。

先週辺りから天気図を見るたびにため息をつきつつ、どうにか梅雨前線がズレてくれないかと願うくらいしかできなかったが、結局こうして降ってきてしまった。

雨が降ったくらいで式を取りやめるわけにはいかない。それはわかっているけれど、隣の部屋で支度をしている最愛の妻を思い、小さくため息をつく。

(美咲は残念がってるだろうか)

大翔が窓の外の曇天を恨みがましく睨んでいると、コンコンと部屋の扉がノックされた。

「失礼いたします。ご新婦様のお支度が整いました」

「はい。今行きます」

呼びに来てくれた担当の女性と共に、大翔ははやる気持ちで美咲のもとに向かった。

彼女が今日の天気をどう思っているか心配だったのもある。けれど一番は、美咲のウェディングドレス姿を早くこの目で見たかった。

（まさか俺を締め出して母さんと選ぶとは……想定外だった）

両親に美咲を紹介して以来、彼女は大翔の母とずいぶんと仲良くなったらしく、連絡先を交換して頻繁にメッセージのやりとりをしていた。

娘ができたと喜ぶ母と、早くに母親を亡くした美咲が本当の親子のように交流しているのは微笑ましいし、大翔としても嬉しい。けれどまさか美咲のウェディングドレスを選ぶのに、自分を差し置いて母と出かけていくとは思いもしなかった。

『ファーストミートって言うんでしょ？　式当日に初めてドレスを見るっていうのもいいじゃない』

『試着は髪型もメイクも普段のままだし、大翔さんには一番綺麗な瞬間を最初に見てほしいなって……。ダメですか？』

母はともかく、美咲の無意識の上目遣いはてきめんに効いた。

結局、大翔は美咲の希望に応え、衣装選びへの同行を我慢したため、どんなドレスを選んだのかも知らないまま。

「写真撮影のご準備が整いましたらお声がけいたしますね。お部屋にいらっしゃるのはご新婦様のみですので、お時間までおふたりでごゆっくりお過ごしくださいませ」

「ありがとうございます」

大翔を呼びに来てくれたスタッフと共に、ヘアメイクの担当者が一礼して退室していった。

「……柄にもなく緊張するな」

大翔はふうっと小さく息を吐くと、真っ白なタキシードの襟を正し、扉をノックする。

「はい。どうぞ」

返事を聞いてドアを開けて中に入る。

こちらも大翔がいた控え室と同様、オフホワイトを基調とした柔らかな雰囲気の部屋だ。

シャンデリアやたっぷりしたドレープの上飾りがついたカーテンなど、まるでお姫様の私室のような優雅さもありつつ、自然光を取り入れるための大きな窓、チェストやテーブルに飾られた花など、緊張する花嫁をリラックスさせるための工夫も凝らされている。

サイドに照明のついた大きなドレッサーの前の椅子に座っていた美咲がゆっくりと立ち上がり、こちらを振り返った。

「大翔さん」

自分の名前を呼び、ふわりと花のように微笑む。

彼女が身に纏っているのは、純白のプリンセスラインのウェディングドレス。

幾重にも重なったチュールに刺繍《ししゅう》が施された繊細なデザインのドレスは、上半身はスッキリしていてタイトな造りだが、スカート部分はたっぷりのボリュームがある。

一年かけて伸ばしたロングヘアは、ドレスに合わせて後ろで緩く編み込んで背中に下ろし、大小それぞれの白い花がいくつもあしらわれている。

目の前の美咲は、これまで見てきたなによりも美しく清らかで愛らしい。大翔は言葉を失い呆然と立ち尽くす。

「わぁ、すごく素敵です。シルバーグレーのタキシードと悩んだんですけど、やっぱり白にして正解でした。大翔さんなら真っ白も絶対に着こなせると思って……大翔さん？」

タキシード姿の大翔を褒めてくれたものの、反応がないため首をかしげている。すぐに我に返った大翔は、まっすぐに彼女の前まで足を進めた。

「……ごめん。あまりにも美咲が可愛くて綺麗だったから、見惚れてた」

「ありがとうございます。ヘアメイクさんがとても頑張ってくれました」

結婚式のヘアメイクは、ドレスに負けないよう通常よりも濃く施すことが多いという。けれど目の前の妻は、華やかさはあれどけばけばしさはなく、それどころか神秘的な透明感すら感じられる。

「普段の美咲も可愛いけど、今日は眩しすぎるくらいに綺麗だ」

「そんな、褒めすぎです」

そう言いつつ嬉しそうにはにかむ美咲は、大翔の目に天使のように映る。しっかり捕まえておかないと、どこかへ飛んでいってしまいそうだ。

「抱きしめてもいい？」

恥じらいつつもこくんと頷く彼女をそっと包み込む。

こんなにも可憐《かれん》な女性が自分の妻なのだと、世界中に自慢したい気分だった。

「ファーストミートか。悪くないな」

「ふふ、よかったです。成功して」

「でも他のドレスも着てみたんだろう？　欲を言えば、それも見たかったな」

「……大翔さんが絶対そう言うからって、お義母さんが他のドレスを試着してる写真を撮ってくれました」

さすがは母親、息子の思考をよくわかっているようだ。

「式が終わったら全部送ってもらおう」

大翔がそう意気込むと、美咲は腕の中で楽しそうにクスクスと笑う。

「あと二時間くらいですね。なんか緊張してきちゃった」

「そうだな」

「あっ。雨、降ってきましたね」

美咲が大きな窓に視線を移す。その表情や声に憂いの色はなさそうだが、結婚式の天気が雨というのは残念に思っているかもしれない。

彼女をソファに促し、ドレスに気を配りながら座らせると、大翔は重くなりすぎないような声音で「写真は後日撮り直すようにしようか」と提案した。

今日はこれから挙式の前に教会や庭園で写真撮影を予定していたが、この雨の中ドレスを着ての撮影は想像以上に大変だろう。

「教会での撮影はともかく、庭園での写真は晴れた日のほうがいいんじゃないか？

仕切り直したければ、あとで担当のプランナーさんに相談してみよう」

一生記念に残る写真なのだ。妥協はしたくないし、美咲にとって最高の思い出となるようにしたい。

「いえ、今日このまま撮影しましょう」

「美咲、もし遠慮してるのなら――」

「遠慮はしてません。招待した方たちには申し訳ないですが、実は少し雨が降るのを期待していたんです」

予想外の美咲の発言に、大翔は目を丸くする。

結婚式に限らず、大切な日には晴天を望む人が多いと勝手に考えていたため、彼女の意図するところがわからなかった。

「私、雨の日ってあまりいい思い出がないんです。でも雨の日に結婚式ができれば、これまでで一番幸せな日で上書きできるなって」

大翔は約九年前に美咲から唐突に別れを切り出された日のことを思い出した。確かあの日も雨が降っていた。そして、去年再会した日も……。

あの日は大翔にとって美咲を取り戻す絶好の機会であり、運命の再会だと感じていたが、彼女にとっては結婚を意識していた男の浮気現場を目撃したつらい記憶でもあるはずだ。

大翔が複雑な表情を見せるのと対照的に、美咲はワクワクした顔で人差し指を立てる。そして自分たち以外には誰もいない広いブライズルームで、内緒話をするように声をひそめた。

「大翔さん、知ってますか？　雨の日の結婚式は幸運をもたらすと言われているんですって」

「雨の日の結婚式？　ジューンブライドじゃなくて？」

大翔は首をかしげた。

「はい。日本の『雨降って地固まる』ということわざのように、他の国にも似たような言葉があるみたいで。雨は五穀豊穣《ごこくほうじょう》や豊かさをもたらすものだから、雨に濡れた結婚式は縁起がいいと考えられているみたいです。中でもフランスには『新郎新婦が流す一生分の涙を、神様が代わりに流してくださっている』という言い伝えがあるんですよ」

「へぇ。初めて知った」

「その神様の涙が天使になるとか、雨粒自体が神様が遣わした天使だっていう伝説とか、メルヘンチックだけど、すごく素敵だなぁって」

そう微笑む彼女こそ、まさに天使のような可憐さだった。

「今日、雨が降っているってことは、神様に祝福されてるんです。だから、今日この雨の中で写真が撮りたいです」

照れくさそうに話す美咲の頬にそっと手を伸ばし、つやつやしたグロスの塗られた唇のギリギリ下を親指で撫でる。くすぐったいのか肩を竦めてこちらを見つめる彼女の瞳に、今にも吸い込まれそうだ。

「そうか、美咲は神が俺に与えてくれた天使だったのか」

「大翔さん……私の話、聞いてました？」

「もちろん」

口を尖らせ、じろりと上目遣いに睨むその顔さえ可愛くてたまらない。

そっと顔を近づけると、美咲はきょろきょろと視線をさまよわせたあと、観念したようにまぶたを伏せた。

触れるだけのキスは、まるで誓いの口づけのよう。

このまますべてを奪ってしまいたい衝動にかられながらも、大翔は持ち前の冷静さで欲望を抑え込み、微笑みを向ける。

「……もう。このあと写真撮影なのに、リップが取れちゃいます」

「奥さんが可愛すぎて浮かれてるんだ。きっとスタッフさんたちもわかってくれるさ」

結婚式の準備期間中、何度プランナーや担当者から『奥さんにベタ惚れですね』と言われただろう。式場のスタッフだけでなく、大翔の両親や美咲の兄の篤志からも同様の言葉をかけられることが多い。

けれど、それが悪いとも恥ずかしいとも思わない。純然たる事実であるし、二度と美咲に不安な思いをさせないよう言葉でも行動でも示したいだけだ。

「美咲」

耳もとで囁くように、愛する妻の名前を呼ぶ。

「愛してる」

「……私も。大翔さんが大好きです」

撮影の時間だと呼びに来たスタッフのノックの音が聞こえるまで、ふたりは何度もキスを交わした。

窓の外には、小雨が降る雲の切れ間から光が差し込んでいる。

ふたりを祝福するかのように、空には大きな虹がかかっていた。

Fin.

あとがき

お久しぶりの方も、初めましての方も、こんにちは。蓮美ちまです。

『すれ違いだらけだった私たちが、最愛同士になれますか?~孤高のパイロットは不屈の溺愛でもう離さない~』をお手に取っていただき、ありがとうございます。

私が千葉に住み始めて二年ほど。成田空港が近いせいか、空を見上げると以前住んでいた地域よりもたくさん飛行機が飛んでいる気がします。同時に何機もの飛行機を見かけるので、パイロットって意外とたくさんいるんだなぁと驚いています。

さて、今作はそんなパイロットヒーロー。いつか書いてみたいと思っていたので、念願叶ってとても嬉しいです。

ヒロインの美咲と約八年ぶりの再会を果たし、一途に求愛するという私の大好きな設定を詰め込んだお話となっています。皆様にも気に入っていただけますように。

美咲が勤めるカランドという会社、私の作品によく出てきます。カランドを舞台にした作品もマカロン文庫から出ているので、ご興味のある方は読んでみてくださいね。

そして今作でお気に入りのキャラクターといえば、シスコン気味の篤志です。妹のために静かに怒るイケメンの兄、とってもよくないですか？

いつか彼をヒーローにした話を書きたいなと思っています。ちなみに、その時のヒロインも作中にちらっと出ているんですよ。ヒントは、声だけの出演です。わかった方はいるでしょうか？　こういうちょっとした仕掛けを作るのが好きなので、ぜひ探してみてくださると嬉しいです。

最後になりましたが、本書の刊行にご尽力いただいたすべての方に感謝申し上げます。

表紙イラストは御子柴リョウ先生が描いてくださいました。制服姿の大翔が素敵なのはもちろん、美咲が最高に可愛い！　ちょっと大きい制帽をかぶっているのにキュンとします。

そして、この本をお手に取ってくださった皆様。本当にありがとうございます。

またいつか、次の作品でもお会いできますように。

蓮美《はすみ》ちま

蓮美ちま先生への
ファンレターのあて先

〒104-0031
東京都中央区京橋1-3-1
八重洲口大栄ビル7F
スターツ出版株式会社　書籍編集部　気付

蓮美ちま先生

本書へのご意見をお聞かせください

お買い上げいただき、ありがとうございます。
今後の編集の参考にさせていただきますので、
アンケートにお答えいただければ幸いです。

下記URLまたは二次元コードから
アンケートページへお入りください。
https://www.ozmall.co.jp/enquete/IndexTalkappi.aspx?id=2301

すれ違いだらけだった私たちが、
最愛同士になれますか？
～孤高のパイロットは不屈の溺愛でもう離さない～

2025年5月10日　初版第1刷発行

著　者　蓮美ちま
©Chima Hasumi 2025
発行人　菊地修一
デザイン　hive & co.,ltd.
校　正　株式会社文字工房燦光
発行所　スターツ出版株式会社
〒104-0031
東京都中央区京橋1-3-1　八重洲口大栄ビル7F
TEL　03-6202-0386（出版マーケティンググループ）
TEL　050-5538-5679（書店様向けご注文専用ダイヤル）
URL　https://starts-pub.jp/
印刷所　株式会社DNP出版プロダクツ

Printed in Japan

乱丁・落丁などの不良品はお取替えいたします。
上記出版マーケティンググループまでお問い合わせください。
定価はカバーに記載されています。

ISBN 978-4-8137-1741-6　C0193

ベリーズ文庫 2025年5月発売

『「絶対結婚しない」と言った天才脳外科医から溺愛プロポーズなんてありえません!』 滝井《たきい》みらん・著

学生時代からずっと忘れずにいた先輩である脳外科医・司に再会した雪。もう二度と会えないかも…と思った雪は衝撃的な告白をする！　そこから恋人のような関係になるが、雪は彼が自分なんかに本気になるわけないと考えていた。ところが「俺はお前しか愛せない」と溺愛溢れる司の独占欲を刻み込まれて…!?

ISBN978-4-8137-1738-6／定価847円（本体770円＋税10%）

『愛の極～冷徹公安警察は愛なき結婚で激情が溢れ出す～【極上の悪い男シリーズ】』 麻生《あそう》ミカリ・著

父の顔を知らず、母とふたりで生きてきた瑛奈。そんな母が病に倒れ、頼ることになったのは極道の組長だった父親。母を助けるため、将来有望な組の男・翔と政略結婚させられて!?　心を押し殺して結婚したはずが、翔の甘く優しい一面に惹かれていく。しかし実は翔は、組を潰すために潜入中の公安警察で…！

ISBN978-4-8137-1739-3／定価814円（本体740円＋税10%）

『冷血CEOにバツイチの私が愛されるわけがない～偽りの関係のはずが独占愛を貫かれて～』 未華空央《みはなそらお》・著

夫の浮気が原因で離婚した知花はある日、会社でも冷血無感情で有名なCEO・裕翔から呼び出される。彼からの突然の依頼は、縁談避けのための婚約者役!?　しかも知花の希望人事まで受け入れるようで…。知花は了承しニセの婚約者としての生活が始まるが、裕翔から向けられる視線は徐々に熱を帯びていき…！

ISBN978-4-8137-1740-9／定価814円（本体740円＋税10%）

『すれ違いだらけだった私たちが、最愛同士になれますか?～孤高のパイロットは不屈の溺愛でもう離さない～』 蓮美《はすみ》ちま・著

美咲が帰宅すると、同棲している恋人が元カノを連れ込んでいた。ショックで逃げ出し、兄が住むマンションに向かうと8年前の恋人でパイロットの大翔と再会！　美咲の事情を知った大翔は一時的な同居を提案する。過去、一方的に別れを告げた美咲だが、一途な大翔の容赦ない溺愛猛攻に陥落寸前に…!?

ISBN978-4-8137-1741-6／定価814円（本体740円＋税10%）

『迎えにきた強面消防士は双子とママに溺愛がダダ漏れです』 花木《はなき》きな・著

桃花が働く洋菓子店にコワモテ男性が来店。彼は昔遭った事故で助けてくれた消防士・橙吾だった。やがて情熱的な交際に発展。しかし彼の婚約者を名乗る女性が現れ、実は御曹司である橙吾とは釣り合わないと迫られる。やむなく身を引くが妊娠が発覚…！　すると別れたはずの橙吾が現れ激愛に捕まって…!?

ISBN978-4-8137-1742-3／定価825円（本体750円＋税10%）

ベリーズ文庫 2025年5月発売

『冷酷元カレ救急医は契約婚という名の激愛で囲い込む』冬野《とうの》まゆ・著

看護師の香苗。ある日参加した医療講習で救命救急医・拓也に再会！　彼は昔ある事情で別れを告げた忘れられない人だった。すると縁談に困っているという拓也から契約婚を提案され!?　ストーカー男に困っていた香苗は悩んだ末に了承。気まずい夫婦生活が始まるが、次第に拓也の滾る執愛が露わになって…!?

ISBN978-4-8137-1743-0／定価836円（本体760円＋税10%）

『元・最下位の妃、2度目の政略結婚で氷の冷酷王に嫁ぎます～「愛は望むな」と言われた出戻り王女が愛され妃になるまで～2』三沢《みさわ》ケイ・著

晴れて夫婦となったアリスとウィルフリッドは、甘くラブラブな新婚生活を送っていた。やがて愛息子・ジョシュアが生まれると、国では作物がとんでもなく豊作になったり小さい地震が起きたりと変化が起き始める。実はジョシュアは土の精霊の加護を受けていた！　愛されちびっこ王子が大活躍の第2巻！

ISBN978-4-8137-1744-7／定価814円（本体740円＋税10%）

ベリーズ文庫with 2025年5月発売

『途切れた恋のプロローグをもう一度』砂原雑音《すなはらのいず》・著

看護師の燈子は高校時代の初恋相手で苦い思い出の相手でもあった薫と職場で再会する。家庭の事情で離れ離れになってしまったふたり。かつての甘酸っぱい気持ちが蘇る燈子だったが、薫はあの頃の印象とは違いクールでそっけない人物になっていで…。複雑な想いが交錯する、至高の両片思いラブストーリー！

ISBN978-4-8137-1745-4／定価836円（本体760円＋税10%）

ベリーズ文庫 2025年6月発売予定

Now Printing

『政略結婚した没落令嬢は、冷酷副社長の愛に気づかない』佐倉伊織《さくらいおり》・著

倒産寸前の家業を守るために冷酷と言われる直斗と政略結婚をした椿。互いの利益のためだったが、日頃自分をなじる家族と離れることができた椿は自由を手に入れて溌剌としていた。そんな椿を見る直斗の目は徐々に熱を帯びていき!? はじめは戸惑う椿も、彼の溢れんばかりの愛には敵わず…！

ISBN978-4-8137-1750-8／予価814円（本体740円＋税10%）

Now Printing

『パイロット×ベビー【極上の悪い男シリーズ】』皐月《さつき》なおみ・著

ひとりで子育てをしていた元令嬢の和葉。ある日、和葉の家の没落直後に婚約破棄を告げた冷酷なパイロット・逵一に偶然再会する。彼の豹変ぶりに、愛し合った日々も全て偽りだと悟った和葉はもう関わりたくなかったのに――冷徹だけどなぜかピンチの時に現れる逵一。彼が冷たくするにはワケがあって…！

ISBN978-4-8137-1751-5／予価814円（本体740円＋税10%）

Now Printing

『クールな夫の心の内は、妻への愛で溢れてる』吉澤紗矢《よしざわさや》・著

羽菜は両親の薦めで無口な脳外科医・克樹と政略結婚をすることに。妻として懸命に努めるも冷えきった結婚生活が続く。ついに離婚を決意するが、直後、不慮の事故に遭ってしまう。目覚めると、克樹の心の声が聞こえるようになって!? 無愛想な彼の溺甘な本心を知り、ふたりの距離は急速に縮まって…！

ISBN978-4-8137-1752-2／予価814円（本体740円＋税10%）

Now Printing

『双子のパパは冷酷な検事～偽装の愛が真実に変わる時～』宝月《ほうづき》なごみ・著

過去が理由で検事が苦手な琴里。しかし、とあるきっかけで検事の鏡太郎と偽の婚約関係を結ぶことに。やがて両想いとなり結ばれるが、実は彼が琴里が検事を苦手になった原因かもしれないことが判明!? 彼と唯一の家族である弟を守るため身を引いた琴里だが、その時既に彼との子を身ごもっていて…。

ISBN978-4-8137-1753-9／予価814円（本体740円＋税10%）

Now Printing

『もう遠慮はしない～本性を隠した御曹司は離婚を切りだした妻を溺愛でつなぐ～』Yabe《やべ》・著

紗季は一年の交際の末、観光会社の社長・和也と晴れて挙式。しかしそこで、実は紗季の父の会社とのビジネスを狙った政略結婚だという話を耳に。動揺した紗季が悩んだ末に和也に別れを切り出すと、「三カ月で俺の愛を証明する」と宣言され！ いつもクールなはずの和也の予想外の溺愛猛攻が始まって…!?

ISBN 978-4-8137-1754-6／予価814円（本体740円＋税10%）

タイトル、価格等は変更になることがございますのでご了承ください。

ベリーズ文庫 2025年6月発売予定

Now Printing

『過保護な外交官』　立花《たちばな》実咲《みさき》・著

通訳として働く咲良はエリート外交官・恭平と交際中。真面目でカタブツな咲良を恭平は一途に愛し続けていたが、渡仏することが決まってしまう。恭平の母の思惑にはまって彼に別れを告げた直後に妊娠発覚！　数年後、ひとり内緒で娘を産み育てていた咲良の前に、今も変わらず愛に溢れた恭平が現れて…!?

ISBN978-4-8137-1755-3／予価814円（本体740円＋税10%）

ベリーズ文庫with 2025年6月発売予定

Now Printing

『頑固な私が退職する理由』　坂井《さかい》志緒《しお》・著

元・ぶりっこの愛華は5年前の失恋の時、先輩・青山をきっかけに心を入れ替えた会社員。紆余曲折を経て、青山とはいい感じの雰囲気…のはずなのに、なかなか一歩踏み出せずにいた。そんな中、愛華は家庭の事情で退職が決まり、さらに後輩が青山に急接近!?　面倒な恋心を抱えたふたりのドタバタラブ！

ISBN978-4-8137-1757-7／予価814円（本体740円＋税10%）

Now Printing

『大好きな君と、初恋の続きを』　葉月《はづき》りゅう・著

華やかな姉と比べられ、劣等感を抱きながら生きてきた香瑚。どうせ自分は主人公にはなれないと諦めていた頃、高校の同級性・青羽と再会する。苦い初恋の相手だったはずの彼と過ごすうち、燻り続けた恋心が動き出すが香瑚はどうしても一歩踏み出せない。そんな時、8年前の青羽の本心を知って――!?

ISBN978-4-8137-1758-4／予価814円（本体740円＋税10%）

タイトル、価格等は変更になることがございますのでご了承ください。